낡아도 좋은 것은
사랑뿐이냐

푸른사상
산문선

32

함께한 시간이 아무리 낡아간다고 해도
우리의 사랑은 영원한 것입니다.

김현경 산문집

낡아도 좋은 것은
사랑뿐이냐

푸른사상
PRUNSASANG

김현경 여사

막내 시동생 결혼식(1963).
앞줄 시어머니, 뒷줄 김수
영·김현경 부부

부산에서 열린 펜클럽 주최 문학세미나(1968. 4)

김수영 시인이 사용했던 거울

김수영 시인의 일기장 및 시작 노트

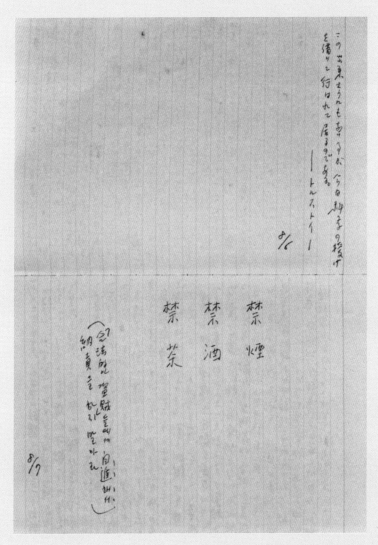

'금연(禁煙), 금주(禁酒), 금다(禁茶)' 메모

나의 온 힘으로 사랑뿐이니

당신을 향한 나의 마음을 처음으로 정리한 『김수영의 연인』을 간행한 지 7년이 흘렀습니다. 그동안 많은 일들이 있었습니다.

이태 전 김수영 시인 50주기를 맞이해서 문학 단체, 연구자, 시인, 언론인, 그리고 많은 시민들이 사랑을 베풀어주셨습니다. 당신을 기리는 책들이 발간되었고, 학술대회 및 강연회가 열렸고, 시민들과 함께하는 기념 행사가 이어졌습니다.

같은 해 연세대학교는 당신에게 명예졸업 증서를 수여했습니다. 1945년 연희전문학교에 입학한 뒤 안타깝게도 학업을 마치지 못하였으나 한국 현대시와 후대 시인들에게 모범이 된 공로를 인정한 것입니다. 당신이 아끼던 동생들도 졸업식에 함께해 아주 기뻤습니다.

당신의 큰 사랑 덕분에 큰손녀와 작은손녀도 잘 살아가고 있습니다. 몇 해 전 큰손녀인 누리는 당신이 거닐던 명동을 방문해 시 낭송회 자리에도 함께했지요.

내년이면 김수영 시인이 탄생한 지 100년이 됩니다. 당신의 업적을 미력하나 잘 정리하려고 합니다. 오류들을 바로잡고 『김수영의 연인』을 새로 간행하는 이 일이 그 시작입니다.

원고를 다시 읽어보니 당신의 명성에 누가 되지 않을까 걱정도 되지만 당신을 가장 잘 아는 제가 할 이야기도 있다는 생각이 들었습니다.

당신의 시 「나의 가족」에 나오는 "낡아도 좋은 것은 사랑뿐이냐"라는 구절을 몇 번이나 읽었습니다. 함께한 시간이 아무리 낡아간다고 해도 우리의 사랑은 영원한 것입니다.

김수영 시인의 아내라는 자부심과 감사함으로 여생을 살아가겠습니다.

2020년 6월 어느 날

김현경

나는 아직 당신과 동거 중입니다

당신이 떠나신 지 어느새 45년이 흘렀습니다.

1940년대에 처음 당신을 아저씨로, 그저 꿈 많던 한 문학소녀의 선생님으로 맺은 첫 인연이 부부의 연으로 이어져 이렇게 지금까지 올 줄이야…. 여러 번의 곡절을 겪으면서도 결코 나를 놓지 않았던 당신. 이미 오래전 세상을 떠나 곁에 없지만 나를 향한 그때 당신의 사랑의 마음이 부끄럽게 살아 있는 오늘의 나를 지탱해주고 있습니다.

더는 내 기억 속에 늙지도 않은 당신. 기억 속의 당신은 48세의 모습으로 정지해 있는데 저는 서재의 유품을 피붙이처럼 안고 15번의 이사를 거듭하면서 이렇게 지독한 사랑의 화살을 꽂고 살고 있습니다. 당신이 쓰던 테이블, 의자, 하이데거전집, 손때 묻은 사전과 손거울까지…… 나는 아직 당신과 동거 중입니다.

이 책을 내면서 당신 얘기를 하는 것이 참 부끄럽습니다. 이 책이 당신의 이름에 혹 누가 되지 않을까 고민하였던 것도 사실입니다. 제 이름으로 나오는 책이라고는 하지만 이게 어디 온전한 저만의 이야기가 될 수 있는지……, 김수영 시인의 아내로 살았는데 당신을 떼어놓고 어떻게 김현경의 삶을 이야기할 수 있겠습니까. 여전히 지금도 빛나는 김수영 시인의 아내로 살고 있다는 게 신기하고 고마울 따름입니다.

시작을 끝내면 산고를 치렀다고 하면서 무조건 제게 쓴 시를 정서하게 하셨지요. 지금은 어떤 날에 어떤 심정으로 그 시들이 쓰였는지 정확히 따질 수는 없지만, 간혹 정서하면서 "무엇이죠? 왜요?" 하며 당신께 질문하곤 했습니다. 당신 곁에서 당신 작품의 첫 독자였던 사람으로, 아내로, 한 여인으로, 이 책은 그때처럼 당신을 향한 내 마음을 정서한 거라 생각해주셨으면 좋겠습니다. 더는 세월이 가기 전, 기억이 흰 눈으로 덮이기 전에 말입니다.

아직 기억하고 있습니다. 당신이 나를 부르던 말들,
보석 같은 아내
애처로운 아내
문명된 아내……

당신보다 반세기를 더 살고 있는 내 인생은 결코 허무하지 않습니다. 당신의 모든 시가 나의 버팀목이 되었고, 당신이 평소 인류를 위해 시를 쓴다는 그 말이 결코 막연한 말이 아니었음을 지금에 와서도 깊이 깨닫고 있습니다. 이제 저도 언젠가는 곧 당신이 있는 곳으로 가야 할 사람, 모든 서러움을 가지고 하늘나라로 갈 날이 오겠지요.

　꿈에서라도 나타나주기라도 하면, 이 책과 함께 당신 품에 안기고 싶습니다.

2013년 2월 어느 날
김현경

● 차례

제1장 나는 시인의 아내다

제2장 내가 읽은 김수영의 시

제3장 가슴에 누운 풀잎 그리고

이화여대 교정(1953)

제1장

나는 시인의 아내다

달밤

金洙暎

생겼다
언제부터인지 잠을 빨리자는 습관이

「달밤」

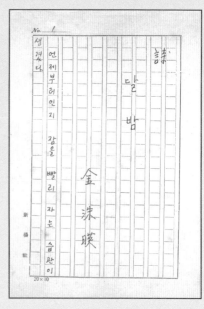

밤거리를 방황한 필요가 없고

책장한 머리에 책을 집어들면 필요가 없고

마지막으로 夢精을 거듭하기도 피곤해진 밤엔

시골에 사는 나는

말밝은 밤을

연제부터인지 잠을 빨리자는 습관이 생겼다

이제 꿈을 다시 꿀 필요가 에게 되었나 보다

나는 커단 서른아홉살의 중력에 서서

서슴치 않고 꿈을 버린다

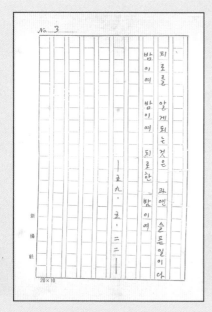

되로를 않게 되는 것은

밤이여 밤이여 밤이여

되로한 밤이여

과연 슬픈일이다

一九·六·二三

다락방의 소녀

그날도 무슨 큰 잘못을 저질렀나 보다. 내 최초의 기억은 다락방에서부터 시작한다. 어머니에게 다락방은 아이들의 죄를 묻고 반성케 하는 옥 같은 공간이었다. 꼼짝없이 어두컴컴한 곳에 갇혀 있으면 무섬증에 저절로 잘못을 뉘우치고 선한 아이로 되돌아올 거라 어머니는 기대했겠지만 웬걸, 나는 다락방에 갇혀 있길 좋아하는 앙큼한 소녀였다.

계단을 밟고 오르는 그 행위 자체가 평지만 밟고 다니던 내겐 퍽 낯선 경험이었다. 계단에서 삐꺽삐꺽 새어 나오는 소리가 건반악기 음만 같아서, 나는 오르간을 누르듯 계단을 부러 꾸욱꾹 힘을 주어 밟았다. 그 소리 끝엔 심해처럼 깊고 아늑한 어둠이 있었다. 이 어둠을 유독 사랑하는 아이가 바로 나였다. 어둠 속에 볼을 부비고 있으면 스르르 눈꺼풀이 무거워지면서 청하지도 않은 잠이 절로 찾아왔다. 나는 그 어둠 속에서 곧잘 동화책 속에서 본 아라비아의 사막이나 언젠가 꼭 가보고 싶었던 아프리카의 초원을 향해 여행을 떠날 수 있었다. 심해의 기괴한 물고기들과 하늘을 나는 새들이 마구 뒤섞여 떠다니던 나만의 바다도 거기에 있었다. 그러니까 다락방은 내겐 경비 한 푼 없이 여행을 떠날 수 있는 터미널과도 같은 곳이었다. 그곳엔 여행자를 위한 식량처럼 친절하게 실에 꿰어진 곶감이 벽에 매달려 있었다. 나는 그 귀한 곶감 씨를 수북이 쌓아놓고 태평하게 잠들어 있다가 어머니가 문을 여는 소리에 깨어나곤 하였다.

벌을 받는 장소에서 꿈을 꾸는 장소로 뒤바뀐 다락방은 내 유년 시절을 온통 지배할 만큼 내게 소중한 기억이 깃든 곳이었다. 소학교를 마치고 집에 돌아오면 나는 가장 먼저 다락에 올랐다. 첫 계단을 밟는 순간, 그곳에서 새어 나오는 다락방 고유의 냄새는 나를 홀연 그곳으로 이끌었다. 숭숭이 반닫이를 이불잇으로 가린 뒤 압핀으로 꽂은 다락방 문은 나의 첫 인테리어 작품이기도 했다. 그날은 그곳에서 얼마나 깊은 잠에 들어 있었는지 눈을 뜬 나는 카메라 플래시라도 터트리듯이 찰칵 찰칵 눈을 감았다 떴다. 조금씩 진귀한 물건들이 눈에 들어오기 시작했다. 제철 과일이나 말린 과일뿐만 아니라 어포와 육포, 러시아산 젤리 같은 것도 있었다. 그날은 무슨 잔칫날이었는지 기름을 두르고 전을 부치는 냄새가 다락방까지 들어와 코끝을 자극했다. 나는 캄캄한 중에도 손을 뻗어 구석에 있는 사과 상자에 손을 넣었다. 풋사과 몇 알이나마 고생하는 식모들에게 전해주기 위해서였다.

당시 언년이라고 불렸던 그 식모들은 나를 몹시 귀애하였다. 나 또한 그녀들을 따라다니길 좋아했다. 부엌 강아지처럼 킁킁거리며 품속을 파고드는 내게 그녀들은 주로 어른들 상에만 오르는 누룽지 같은 간식을 따로 챙겨주기도 했다. 지금은 얼굴 생김새 하나하나가 또렷이 기억나지는 않지만 늘 갈라지고 터서 거칠어진 손만은 또렷이 기억난다. 특히 겨울이면 그녀들의 손은 유난히 빨갛고 파란빛으로 물들었다. 당시 어머니는 안방에 허름한 누비이불을 깔고 큰 놋대야를 들여놓았다. 요즘으로 따지면 욕실인 셈이다. 어머니는 결벽증에라도 걸린 듯 아이들의 목욕에 열정을 보이셨다. 가족들이 씻을 물을 준비하려면 대야에 뜨거운 물과 찬물을 여러 번 번갈아 부어야 했는데, 겨울이면 일을 돕는 그녀들의 손에서 피가 터져 나왔다. 일을 시키는 어머니가 잔인해 보일 정도였다. 터진 손들을 보고 놀란 나는 한동안 몸을 씻지 않겠다고 고집을 부리기도 했다.

당시 사업가였던 아버지는 내가 셀룰로이드로 만든 '큐피'라는 인형을 좋아하는 것을 아시고, 어느 날엔가 인형을 한 소쿠리 가득 사다 주었다. 경기고등학교를 졸업한 아버지는 광산을 운영했는가 하면, 총독부가 주관한 만국박람회의 기획자로도 잘 알려져 있었다. 그 당시 이미 북해도까지 골프를 치러 다니기도 하셨고, 곁에는 늘 사람들이 많이 있었다. 아버지는 진위(지금의 평택) 군수를 지낸 외할아버지의 중매로 어머니를 만났다고 한다. 당시 일제의 동양척식주식회사의 정책에 반대했던 외할아버지는 임기도 채우지 못하고 쫓겨난 뒤에 광인처럼 사셨다. 그래서였을까, 두 분의 사이는 그리 살갑지가 않았다. 아버지가 외출하고 돌아오면 어머니는 등을 보이며 돌아앉았다. 나는 그런 어머니를 잘 이해하지 못했다.

아버지는 가회동과 계동에 각각 첩을 두고 있었다. 여섯 살쯤이었을까? 나는 아버지와 함께 그 첩가에 자주 마실을 다녔다. 아버지의 모자나 외투를 받아 벽에 걸어주고 말도 상냥하게 건네는 첩들의 모습이 어린 내 눈으로 보기에 사뭇 좋았던 모양이다. 지금 생각하면 그때는 얼마나 철이 없었던지 하루는 어머니에게 "아버지의 첩들처럼 좀 여자답고 상냥하면 안 돼요?" 하고 물었다가 호되게 혼이 난 적도 있었다. 그날도 역시 나는 다락에 갇혔다.

첫사랑의 고통

진명여고를 졸업한 것이 1943년이었다. 일본여대의 합격 통지서를 받아놓고도 공습이 무서워 가지 못했다. 징용과 징집이 극에 달하던 시기였다. 흉흉한 소문들 때문에 가슴을 졸이고 있던 어느 날, 공무원이 되면 정신대를 피할 수 있다는 말을 들었다. 결국 나는 교원 시험을 보고 교사가 되었다.

경기도 이천군 부발국민학교 2학년 담임으로 부임한 후 맞은 첫 수업 시간, 교과서 제일 앞 장에 일본 국기와 히라가나가 펼쳐졌다. 나는 아이들에게 이 국기가 어느 나라의 국기냐고 물었다. 아이들은 일본 국기라고 대답했다. 그러면 우리는 어느 나라 사람이냐고 물었더니, 아이들은 아무런 망설임 없이 일본 사람이라고 대답하는 게 아닌가. 순간 섬뜩한 마음이 들었다. 나는 아이들에게 당장 교과서를 덮으라고 했다. 그러고는 칠판에 한반도와 중국과 일본 지도를 그렸다. 나는 우리가 배우고 익혀야 할 것은 일본말이 아니라 우리말과 한자이며, 세 나라의 땅이 각각 다르고 국기가 다르듯 그곳에 사는 사람도 다르다고 가르쳤다. 그 순간 아이들의 눈이 번쩍했다. 매일같이 일본말만 해야 한다고 교육받던 아이들에게 그것은 신선한 충격이었나 보다. 현장학습이라는 이름 아래 야외 수업을 나가서도 일본어 대신 우리말로 수업을 했고, 창씨개명을 한 아이들에게는 일본 이름이 아닌 한글 이름을 불러주었다. 교과서에 나오는 일본의 동화 대신 우리 고전인 심청이나 춘향의 이야기를 들려주었다.

그런데 나중에 알게 된 일이지만, 당시 우리 반에는 교장의 아들이 있었다. 그 아이의 고자질 때문이었을까? 아니면 만주에서 보내온 김수영의 편지, 아니면 함흥에서 오는 이종구의 편지 때문이었을까? 요시찰 대상 불온선인이 되어 이천경찰서에서 소집장이 날아왔다. 그들은 주로 편지의 내용을 문제 삼았다. 나는 편지 내용들이 문학적인 것이지 결코 사상적인 것은 아니라고 설명했다. 물론 그들이 이해할 리가 없었다. 감시와 소집이 심해지자 나는 결혼을 핑계로 아버지가 보낸 트럭을 타고 다시 서울로 올라왔다.

이듬해 나는 이화여자대학 영문과에 진학했다. 그곳에서『시경』을 가르치던 정지용 시인을 만났다. 시인은 영어뿐만 아니라 나전어(라틴어)와 한문, 고전에 두루 능통한 르네상스적 지식인이었다. 시인은 칠판 글씨를 잘 쓴다며 매번 수업마다 내게 직접 판서를 맡겼다. 좋아하는 담배를 피우지도 못하고 다른 여교수들의 등쌀에 지친 탓일까? 얼마 안 되어 정지용 시인이 학교를 그만두었다. 하지만 그 후에도 우리는 음악다방에서 만나 자주 문학에 대해 이야기했다. 하루는 무악재 근처 막걸릿집에서 술을 마신 시인을 어깨동무하듯이 부축하고 녹번동 자택까지 걸어간 적도 있었다. 김장을 막 끝낸 초겨울이었다. 시인의 집에는 학교를 보내지 않는 두 아들과 딸 하나가 있었다. 제도화된 학교 체제와 교육 방식을 불신하던 시인은 몸소 자제들에게 한문과 영어를 가르치고 있다고 했다. 키가 훤칠했던 부인은 정갈한 음식 솜씨로 저녁상을 차려 내었다. 밤이 깊어 귀가 시간이 가까워오자 나는 눈치도 없이 선생님의 청대로 단칸방인 그 집에서 하룻밤 신세를 지게 되었다. 아랫목에 내가 눕고, 옆에 시인의 딸이 눕고, 이어 부인과 지용 시인 순으로 나란히 누웠다.

다음 날 부인이 아침을 하기 위해 방을 비우자 시인은 어색한지 밖으로 나가자고 했다. 시인은 흰 서리가 내린 밭두렁에 쪼그리고 앉아 나에게 사랑은 해보았느냐고, 또 나만의 연애법은 무엇이냐는 등 생각지도 못한 질문들을 던져왔다. 그때 내가 뭐라고 답을 했는지 잘 모르겠다. 다만 밭을 온통 흰 습자지처럼 덮은 서리에 반사된 햇살만 지금 내 기억 속에서 눈부시게 빛날 뿐이다.

이후 나는 시인이 떠난 학교보다 6촌 오빠인 김순남의 집에 머물기를 더 좋아했다. 오빠는 경기고 앞에서 일본의 '레토 구루무' 화장품을 만들어 화신백화점에 납품하던 윤택한 집안 분위기 덕분에 일찌감치 음악 수업을 받을 수 있었다. 교원 생활을 했던 당숙모는 아들의 음악적 재능을 알아보고 아낌없는 성원을 했던 것으로 기억한다. 미군정청 문교부 문화 담당 참사관이었던 헤이모위츠가 자청해서 미국 유학을 주선했을 만큼 그는 그때 이미 위대한 작곡가였다. 헤이모위츠의 호의를 뿌리친 그는 틈만 나면 '대중을 대변하고 그들에게 이바지하는 음악'이어야만 민족 음악을 수행할 수 있다고 했다. 모스크바 유학 시절, 쇼스타코비치가 그를 가리켜 천재라고 한 거나 그의 지도 교수였던 하차투리안이 오히려 그에게서 새로운 음악을 배워야 한다고 했던 건 결코 과찬이 아니었다.

김순남의 집에는 임화, 오장환, 김남천, 안회남, 함세덕을 비롯한 카프 시인들이 자주 모여 있었다. 지금도 허물없이 형제처럼 지내던 예술가들의 정담이 들려오는 듯하다. 물 흐르는 듯한 오빠의 피아노 소리에 골똘히 귀를 기울이고 명상에 젖어 있던 그들은 한결같이 가난했지만 드높은 꿈을 품고 있었다. 시대의 어둠 속에서 외로움을 숙명처럼 끌어안고 살아야 했지만 그 어떤 사람들보다 눈부신 광휘에 휩싸여 있었다. 나는 가난하고 외로운 그 빛의 세례를 받고 싶었던 것일까.

어느 날엔가 임화와 그의 부인인 소설가 지하련이 나를 집으로 초대한 적이 있었다. 볼품없는 적산가옥에 일고여덟 살쯤 되어 보이는 임화를 꼭 빼닮은 남자아이와 함께 살고 있었다. 그때 지하련은 어떻게 저럴 수 있을까 싶을 정도로 임화의 사랑에 흠뻑 빠져 있었다. 애정 표현의 강도가 좀 과한 것이 아닌가 싶을 정도로 누가 보든 상관없이 볼을 부비는 모습이 내 눈엔 이채롭게 보였다.

배인철을 만난 것은 임화의 집에서였다. '흑인시'라는 장르를 개척한 배인철은 동경 니혼대학에서 영문학을 공부하다가 상해로 가서 영국 조계지에서 공부했다. 돌아와서는 당시 해양대학교에서 영어 교수를 하고 있었다. 인천에서 통운회사를 하는 집의 아들답게 그에게는 늘 좋은 기품이 흘렀다. 당시 대부분의 사람들이 한복 아니면 군복을 염색한 옷을 입고 다니던 시절에 그는 상하이에서 입수한 슈트를 여러 벌 갖고 있었다. 영국 신사 분위기가 물씬 풍기는, 처음 보는 영국제 모직으로 된 슈트를 걸치고 늘 말끔한 모습으로 내 앞에 섰다. 나는 그가 보성전문학교 시절 럭비 선수로 전 일본 대회를 석권해서 유명해진 배인복 선수의 동생이라는 데 더욱 호감을 가졌다. 그 형의 아우답게 그 또한 스포츠맨으로 권투를 하고 있었다. 그야말로 지덕체가 조화를 이룬 아름다운 청년이었다.

그는 나를 처음 만난 날, 인천 본가로 가야 한다며 나에게 서울역까지만 걸어서 데려다 달라고 했다. 나는 무엇에 홀린 듯 고개를 끄덕였다. 우리는 서울역에 닿았지만 노량진까지 더 걸어갔다. 나는 그곳에서 전차를 타고 돌아오려고 했다. 그러던 것이 영등포를 거치고 오류동을 지나 '조금만 더, 조금만 더' 하던 걸음이 마침내 인천까지 이르게 되었다. 두 청춘 남녀가 걸어서 인천까지 갔다고 하면 요즘 사람들은 이상하게 생각할지도 모른다. 그러나 그때의 연애란 것은 그런 것이었다. 그렇게 걸었지만 몸이 노곤하기는커녕 오히려 더 편안했고, 시간이 흐르는 걸 전혀 느낄 수 없었다. 마치 우주가 정지되어 우리를 향해 쏠려오는 듯한 그때의 그 충일감을 어떻게 말로 설명할 수 있을까.

인천항이 품은 아스라한 불빛이 내 눈에 반갑게 들어왔다. 새벽 2시가 넘은 시간이었다. 하지만 우리는 전혀 지루함을 느끼지 못한 채 예술과 문학과 사랑에 대해 이야기를 이어가며 그 먼 길을 기쁘고 설레는 마음으로 걸었다. 인천역 부근에 닿자 배인철은 집에 들렀다가 올 테니 한옥으로 된 여관에서 쉬고 있으라 했다. 배인철은 이튿날 새벽같이 나에게 달려왔다.

그는 내가 무슨 이야기를 하면 눈물부터 쏟아냈다. 그렇게 가슴이 뜨거운 사람이었다. 새로 산 좋은 옷들을 헐벗은 사람에게 벗어주고 오는 일도 많았다. 조선문학가동맹의 주축을 이루는 멤버였던 그는 인천에서 가장 큰 규모의 요정을 인수해 '예술가의 집'이란 간판을 내걸고 다양한 분야의 예술가들에게 시설을 제공하기도 했다. 세상에 알려진 배인철의 시는 「노예 해안」「흑인녀」「인종선―흑인 존슨에게」를 포함해 다섯 편이

전부다. 그중에서 나는 "뉴기니, 하와이, 필리핀/누구를 위하여 돌아다니며/짓밟힌 몸이냐/이 땅에서도 우리의 누이들/낯설은 이토(異土)에서/원수에게 꺾인 꽃들"로 서술되는 「흑인녀」를 당시 문예지『백조』에서 읽고 좋아했다. 그는 억압받고 수탈당하는 흑인들이나 일제와 미국에 의해 굴욕을 겪고 있는 우리 조선 민족이나 서로 다를 게 없다고 했다. 어떻게 이런 사람을 사랑하지 않을 수 있을까.

배인철을 만나던 당시 나는 수표동 언니 집에서 기거하고 있었다. 그는 매일같이 종각에서 영자 신문을 펴들고 나를 기다렸다. 하루는 그와 명동 거리를 걷는데 먼발치에서 수영이 오고 있었다. 나는 서로를 인사시키려 했지만 수영은 그대로 골목으로 발길을 틀어 사라졌다. 이튿날 수영은 나를 찾아와 "왜 너는 말 뼈다귀 같은 놈을 만나고 다니냐?"며 질투 어린 핀잔을 했다.

그때 나는 수영을 아저씨라고 부르고 있었다. 실제로 친한 아저씨쯤으로만 생각했지 다른 어떤 감정을 갖고 있지는 않다. 수영을 처음 만난 게 진명여고 2학년 어느 여름이었나 보다. 공민(公民) 시간이 너무 재미없고 따분해 창밖을 보니 하늘이 너무 푸르렀다. 어디선가 5월의 부드러운 바람결에 라일락 꽃 향기가 불어오고 있었다. 오랜 시간이 지났는데도 왜 그때의 라일락꽃 향기가 잊히지 않는 것일까. 나는 몰래 교실을 빠져나와 집으로 걸음을 옮겼다. 그때 멀리서 두 남자가 나를 향해 손을 흔들며 걸어왔다. 이종구와 김수영이었다. 그 둘은 일본 유학에서 돌아오지마자 나를 찾아오는 길이었다. 수영을 직접 만난 것은 그때 처음이었지만 사실 그전부터 이종구에게 들어 수영을 알고 있었다. 유년 시절부터 알고 지내던 이종구는 수영의 선린상고 1년 선배이자 일본 유학 생활 내내 함께 기거한 막역지우였다. 이종구가 나와 수영 사이에 다리를 놓으면서 우리는 펜팔을 했다. 나는 주로 어떤 책을 읽고 난 후의 감상을 편지로 적어 보냈다. 그런 내 편지를 받고 수영은 곧잘 기대 이상의 감탄을 했다. 한창 문학소녀로 문학에의 꿈을 키워나가고 있을 무렵이어서 수영의 그런 반응은 나를 몹시 으쓱하게 만들었다.

한편 안타깝게도 배인철과의 만남은 그리 오래가지 못했다. 1947년 5월, 나는 그와 남산 밑 장충단공원을 걷고 있었다. 남산의 산등성이를 타고 내려온 짙은 아카시아 향기가 코끝을 자극하던 저녁이었다. 큰 바위 아래에 앉아 농익은 꽃향기 속에 잉잉거리는 벌처럼 서로의 말을 탐하고 있을 무렵, 갑자기 바위 위에서 시커먼 그림자가 불쑥 나타나 총구를 들이댔다. '탕' 소리, 화약 냄새…… 나는 정신을 잃고 말았다. 순간적으로 몸을 저미게 하는 싸늘한 기운이 스쳐 지나갔지만 너무나 돌발적인 상황이라 아무 생각도 할 수가 없었다. 격발된 두 발 중 한 발은 배인철의 두개골을 관통했고, 또 한 발은 본능적으로 몸을 튼 내 옆구리를 관통했다. 그 총격으로 배인철은 즉사했다.

이 사건으로 인해 나는 당시 연애를 금하던 이화여대에서 제적을 당했다. 무엇보다 더 곤혹스러웠던 것은 이 사건을 둘러싼 여러 정치적인 의혹들을 철저히 무시한 경찰의 조사 방식이었다. 나는 배인철이 남로당 주요 멤버라는 사실을 그때야 알았다. 우익 청년 단체의 소행일 거라는 소문이 있었지만 경찰은 치정 관계에 의한 살인이라는 데에만 초점을 맞춰 내 주변의 남자들을 하나하나 불러들였다. 이종구, 이진구, 박인환 등등······. 그리고 거기에는 김수영도 있었다. 수영은 그중에도 가장 심한 고문과 고초를 겪었다.

수영과 나

　　　　　　나는 한동안 가택 구금을 당했다. 밖으로 나가지도 못하고 매일같이 어떻게 살아야 하는가 보다 어떻게 죽어야 할지 고민하며 깊은 시름에 빠져 있었다. 그 사건 이후 사람들의 연락도 뚝 끊어졌다. 마치 전염병 인자라도 갖고 있는 사람인 양 다들 귓속말로 소곤거리며 나를 멀찌감치 피해 다녔다. 절해고도 신세나 마찬가지였다. 그러나 수영만은 예외였다. 수영은 언제 그런 끔찍한 일이 있었냐는 듯이 태연하게 찾아와서 왜 내가 시를 쓰고 문학을 해야 하는지 열변을 토하다 돌아갔다. 일본과 만주에서 익힌 연극 솜씨로 그가 한 손을 들고 시를 읊어줄 때는 나도 모르게 풋, 웃음이 새어 나왔다. 수영은 골목 쪽으로 난 내 방 창가에서 베토벤의 〈운명〉을 휘파람으로 부는 것으로 지금 자기가 와 있다는 신호를 보냈다. 어느새 나는 그 휘파람 소리를 기다리게 되었다. 이후 나는 수영과

일주일이나 열흘에 한 번씩 만난 그 사이에 썼던 시를 서로 읽고 이야기했다. 수영은 시에 대한 이야기가 끝나면 자기가 써 온 시를 부욱 찢었다. "이런 쓰레기는 남기는 게 아니야!" 하면서. 나도 그 모습이 괜히 좋아 보여 내가 쓴 시마저 그를 따라 부욱 찢었다.

수사 결과, 현장에서 브라운 권총의 탄피가 발견되었다. 미군이 장난으로 쏜 것으로 밝혀졌지만 당시나 지금이나 명확히 밝혀진 것은 아무것도 없다. 배인철의 사망으로 모든 사람들이 나를 멸시하고 있던 터라 수영과의 만남은 외진 곳에서 이루어졌다. 주로 서울 도심의 작은 골목골목을 함께 걸었다. 내 손에는 폴 발레리의 시집이나 올더스 헉슬리의 『가자에서 눈이 멀어(*Eyeless in Gazza*)』와 같은 소설이 들려 있었다. 신비주의적인 색채가 강했던 헉슬리의 소설은 너무 어려워 수영에게 설명을 부탁했더니 그 역시 난색을 표했다. 그는 알지 못하는 것에 대해서는 모른다고 분명하게 얘기하는 사람이었다. 우리는 할 수 없이 일본어 번역본과 원서를 대조하면서 토론을 하였다. 그러다가 무료해지면 나는 구멍가게에서 파는 알타리무를 사서 무청은 그대로 두고 이빨로 무 껍질을 쓱쓱 벗겨내 목말라하는 수영에게 건네기도 했고, 입이 심심하다는 수영에게 보리새우한 됫박을 사서 손으로 비벼 한 움큼씩 그의 입에 넣어주기도 했다. 그럴 때마다 수영은 아이처럼 즐거워했다.

한번은 단둘이 노량진 종점에서 백사장을 따라 여의도 쪽으

로 걸어간 적이 있었다. 날이 얼마나 더웠던지, 강렬하게 내리
쬐는 여름빛에 숨이 턱턱 막히는 것 같았다. 하얀 잔모래가 깔
린 강변 백사장을 걷다가 우리는 더위를 피해 여의도 섬 한가
운데를 가로질러 갔다. 한참을 가다 보니 그곳엔 얇고 넓은 웅
덩이가 하나 있었다. 밑바닥이 훤히 드러나 보일 정도로 투명
했다. 나는 마침 무더위에 지쳐 있었던 참이라, 아무 부끄러움
도 없이 훌훌 원피스와 속옷마저 벗고 알몸으로 물속에 텀벙
뛰어들었다. 처음에는 난처한 표정을 짓던 수영도 나를 따라
옷을 벗고 알몸으로 물속에 뛰어들었다. 폭양이 내리쬐는 한여
름, 주위에 사람 하나 없는 여의도 섬 한복판 깊은 웅덩이처럼
한없이 아늑하고 평화로운 시간이었다. 한참 동안 그렇게 더위
를 식히고 있는데 멀리서 사람이 다가오는 것 같았다. 수영과
나는 냉큼 옷을 입고 다시 강을 건너 노량진 쪽으로 걸어갔다.
훗날 수영은 그 일을 두고두고 회상하며 내게 '아방가르드'한
여자라며, 어디서 그런 실험 정신이 나왔느냐며 농담 섞인 말
을 건네곤 했다.

　어느 여름날 되자 수영은 심한 암치질을 앓았다. 나는 수영
을 종로5가에 있던 '강 항문과'에 데려갔다. 의사는 내게 환자
가 움직이지 못하게 위에 올라타라고 했다. 그러고는 항문에서
고름을 짜냈다. 퉁퉁 부은 항문에 메스를 들이대자 고름이 쏟
아졌다. 피와 고름이 섞인 양동이가 몇 번이나 오르내렸을 것
이다. 의사는 수영의 항문에 페니실린이 잔뜩 묻은 거즈를 한

움큼 구겨 넣었다. 나는 며칠 동안 집에 들어가지도 못하고 수영을 간호했다. 가끔씩 병원비를 조달하기 위해 집에 있던 비단을 훔쳐 와 동대문시장에 가서 팔았다. 세 번째 비단을 훔치던 날, 이미 화가 날 대로 난 아버지와 마주치고 말았다. 시 나부랭이나 쓰는 작자를 도둑질까지 해가며 만난다면서 아버지는 내 방문에 대못을 박았다.

이후 수영의 태도는 조금 달라졌다. 몰래 집을 빠져나와 그를 찾아갔더니 수영은 우리가 이래서는 안 된다며, 이만큼 했으면 되었다며 나를 돌려보내는 거였다. 나는 집으로 돌아와 며칠을 울었다. 나중에 안 이야기지만 아버지가 수영을 찾아가 딸의 행복을 위해 교제를 중지해달라고 설득했던 것이다. 진심이 아닌 말들로 이별을 선언한 후에도 수영은 당시 그의 어머니가 운영하던 충무로4가 쪽의 설렁탕집 '유명옥' 다락방에서 내가 다시 찾아오기를 목이 빠져라 기다렸다고 했다.

그간의 사정을 모르고 고통스런 열병 속을 허우적거리고 있던 나는 겨울이 되자 프랑스 유학을 가겠으니 프랑스어 학원에 보내달라며 아버지를 졸랐다. 아버지는 기다렸다는 듯이 선뜻 학원비를 내놓았다. 미래도 분명치 않은 시인에게 여식의 운명을 맡기느니 차라리 유학을 보내는 게 낫다고 판단했던 것이다.

학원 등록비를 한 번에 타낸 나는 학원을 한 달만 등록하고 남은 돈으로 색감이 고운 캐시미어 코트를 한 벌 샀다. 파리지

앵에 어울릴 만한 코트였다. 나는 코트를 입고 몽마르트르의 골목골목을 누비고 있을 내 모습을 상상하는 것으로 그리움을 잊고 싶었다. 그러나 코트를 입은 모습을 가장 먼저 보여주고 싶은 사람은 다름 아닌 수영이었다. 그 옛날 다락방 소녀처럼 이국의 풍광들을 그리며 환영에 젖으면 젖을수록 그리움은 짙어만 갔다.

그러던 어느 날 종로4가에서 학원 수업을 마치고 전차를 탔는데 거기에서 우연히 수영을 다시 만나게 되었다. 수영은 당시 서울대학교 간호대학에서 영어를 가르치고 있었다. 수영은 나를 보더니 수업을 반만 하고 곧 돌아올 테니 벤치에 앉아서 기다려달라고 했다. 40분 정도 흘렀을까? 아마도 그 시간은 내 생에 가장 길었던 기다림의 시간이었을 것이다. 물리적인 시간으로야 그보다 더한 기다림의 시간도 많았지만 행인의 발자국 소리만 들려도 그인가, 하고 가슴이 쿵쾅거리던 그때를 과연 어떤 기다림의 시간과 비교할 수 있을까. 나의 모든 감각은 오로지 그가 나타날 방향을 향해 쏠려 있었다.

마침내 수업을 일찍 끝내고 온 수영이 내 옆에 앉았다. 잠시 우리 사이엔 침묵이 흘렀다. 어색했다기보다는 개화 직전의 꽃망울 속 같은 두근거림이 가득한 침묵이었다. 한참을 뜸 들이다가 수영은 "My soul is dark" 하고 신음 같은 말을 토해냈다. 그 말을 듣고 내 마음은 무너지고 말았다. 그것은 수영의 프러포즈였던 것이다.

나는 그길로 수영이 치질을 앓으며 지냈던 그의 방으로 함께 돌아갔다. 시어머니가 이 사실을 알고 친정어머니를 찾아갔다. 일숫돈을 얻어 금가락지도 쌍으로 해주셨다. 돈암동 근처에 살림방을 얻어 신혼살림을 시작했다. 사랑 앞에서 결혼식 같은 제도는 눈에 들어오지도 않았다. 문학은 어차피 모든 각질화된 제도에 저항하는 양식이 아니던가. 우리는 우리 스스로 결정한 운명이 형식이 되고 제도가 되면 그만이라고 생각했다. 그것이 세상의 질서와 어긋난다고 한들 또 어떤가. 나는 영원한 진실과 아름다움에 가치를 두고 모든 권력 행위로부터 소외를 자처한 시인의 아내가 된 것만으로 충분히 행복했다. 바로 이런 나를 두고 그가 '아방가르드'한 여자라고 했던 것일까.

빛과 어둠의 이중주

1950년 봄이 되자 입덧이 심해졌다. 배가 불러오던 8월, 김 시인이 길거리에서 그만 인민군에 징집되었다. 생전 김 시인은 그 누구에게도 한국전쟁에서 겪은 이야기를 하는 법이 없었다. 전후 반공을 소재로 한 산문 청탁을 받았을 때에도 자신의 이야기를 감추고 두루뭉술하게 일반적인 이야기만 했다. 심지어 아내인 내게조차 전쟁에서 겪었던 일들을 두어 번밖에 이야기해주지 않았다.

징집 이후 김 시인은 부상을 입고 낙오자 대열에 끼게 되었다. 이때 이뤄진 단체 처형에 관한 이야기도 김 시인이 숨겨온 어두운 삽화 중 하나이다. 하지만 김 시인은 처형의 주체가 국군이었는지 인민군이었는지에 대해선 여전히 침묵했다. 낙오자들은 자신들의 죽을 웅덩이를 직접 파놓고 거기에 서서 기관총 사격을 당했다. 김 시인도 그 대열에 서서 앞으로 고꾸라졌다. 김 시인의 몸 위로 시체가 덮이고 또 덮였다고 했다. 김 시인이 정신을 차리고 간신히 기어서 나왔을 때는 아무도 없었다고 한다. 불빛을 보고 근처 민가로 들어갔더니 주인은 없고 아궁이의 온기만 남아 있었다고 했다. 가마솥에는 옥수수가 한가득 쩌 있어서 김 시인은 옥수수로 배를 채운 다음 겁이 나서 방에서는 잠을 자지 못하고 부엌에 쌓아둔 덤불 속에서 잤다고 한다.

이후 소련군을 만났다가, 천신만고 끝에 미군을 만나 서울로 돌아왔지만 지서로 다시 끌려가 악몽 같은 고문을 당했다. 술에 취한 경찰이 빨갱이라며 얼마나 구타를 했던지 살이 너덜너덜해질 정도였다고 한다. 김 시인은 그 와중에도 머리를 맞으면 죽겠구나 싶어 머리만은 책상 밑으로 끝까지 밀어 넣었다고 한다. 거의 본능적으로, 몸은 죽어가지만 그 죽어가는 몸을 의식하고 있는 머리만을 보호해야지 싶었다는 것이다.

상처 속에서 들끓는 구더기를 떼어낼 힘마저 소진되어가고 있을 무렵, 북한 의용군에 징집되었던 사람들부터 나와서 트럭에 타라는 명령이 내려졌다. 트럭에 타지 않으면 치료도 받지 못하고 청계천변에 죽어 버려질 것이 분명했다. 김 시인은 트럭에 올라탈 힘도 없어 지나가던 행인의 부축을 받아가며 간신히 트럭에 올랐다. 인천을 거쳤다가 그길로 수영은 거제 포로수용소로 가게 되었다.

그때 나는 친정 식구들과 화성 인근에서 피난 생활을 하고 있었다. 그 시절은 누구나 그렇듯이 전쟁터에 끌려가면 살아 돌아올 거라고 생각하지 못했다. 피난처에서 시댁 식구들과 친정 식구들의 생활은 피폐했다. 그렇게 가난하고 지난한 생활이 이어지던 중, 김 시인은 예상과 달리 살아 돌아왔다. 그것도 내가 있는 사랑리로. 김 시인과 나는 재회의 기쁨을 나누었다. 그러나 그것도 잠시였다. 김 시인은 몸을 추스르는 대로 돈을 벌기 위해 부산으로 내려갔다. 당시 부산 근처 구포에서 시댁 식구들이 거처하다 떠난 쪽방이 있었다. 김 시인은 부산에 내려가서도 돈을 벌기 위해 대구 등지를 전전했고, 그곳에 기거하고 있었다. 나도 아이들을 먹여살리기 위해 김 시인이 있는 부산으로 내려갔다. 그러던 중 실낱같은 희망이 찾아왔다. 김 시인과의 연애 이후 자연히 왕래가 소원해졌던 이종구가 고등학교에서 영어를 가르치고 있다는 소식을 들었다. 물에 빠진 사람이 지푸라기를 잡는 심정으로 그에게 취직 자리를 부탁해보고 싶었다. 나는 김 시인에게 허락을 받고 이종구의 집으로 찾아갔다. 남자 혼자 사는 집답게 집에는 빨랫감이 산더미처럼 쌓여 있었고, 모든 것이 엉망이었다. 그가 집을 비운 사이 청소나 좀 하려고 보니, 장판이 오래되어 바닥이 훤히 다 드러나 있었다. 나는 군용 모포를 가져다 반듯하게 카펫처럼 깔았다. 구석구석마다 악취를 뿜어내고 있던 빨래들을 모아 볕 바른 곳에 널고 얼마 안 되는 찬으로 저녁상도 차렸다. 집에 돌아온 이종구는 나를 보자 얼굴에 화색이 번졌다. 구포 집으로 돌아가겠다는 나에게 그곳까지 가는 밤길이 얼마나 무섭고 위험한지 아느냐며 그는 잔뜩 내게 겁을 주며 말렸다. 하루, 이틀 시간은 흐르고 선뜻 취직은 되지 않았다. 어느새 그곳에서의 생활이 일 년을 넘어서고 말았다. 참혹한 시절이었다.

이종구는 집착이 대단했다. 하루는 출근을 한다며 아침에 분명 집을 나섰던 사람인데, 점심시간이 지나서 빨래를 하러 나가던 길에 그와 마주친 적이 있었다. 지난밤 꾸었던 꿈이 하도 불길해 내가 도망갈 것 같아 그때까지 그렇게 쭈그려 앉아 있는 거라고 했다. 며칠씩 학교에 나가지 않고 나를 감시할 때도 있었다. 오죽하면 당시 서울고등학교 교장이던 김원규와 수학을 가르치던 조병화 시인이 집에 찾아온 적도 있었다.

6개월쯤 지난 어느 아침, 작은 소반을 사이에 두고 마주 앉아 막 밥을 한술 뜨려던 참이었다. 그때 불쑥 문이 열렸다. 김 시인이었다. 김 시인은 집 안을 한번 훑어보더니 이종구에게 말했다. "자네가 나에게 이러면 안 되지." 낮으면서도 묵직한 음성이었다. 이윽고 김 시인은 나를 돌아보더니 "가자." 하고 짧게 말했다. 나는 그런 김 시인에게 먼저 가 있으라고, 곧 따라가겠다고 돌려보냈다. 그날 돌아가던 김 시인의 뒷모습을 나는 잊지 못한다. 그것은 슬프고 처량하기보다는 당당하고 결연한 모습이었다.

서울 환도 후에도 나는 이종구와 함께 살았다. 이종구는 날이 가면 갈수록 나와 정식 혼인을 하고 싶어 했다. 혼인신고를 하려면 먼저 이혼부터 해야 하니 이혼 도장을 받아 오라며 집착에 가깝게 광적으로 압박을 해왔디. 그는 경기도 광주에서 올라온 그의 아버지까지 동원하여 날을 미리 받아놓았으니 하객들을 맞을 준비를 어서 시작하자고 했다. 나는 이종구의 말을 번번이 피하다가 결국에는 도장을 받으러 당시『주간 태평양』에서 일을 보고 있던 김 시인을 찾아갔다. 나를 보자마자 김 시인은 아이처럼 좋아했다. 금방 일을 끝내고 올 테니 어디에 가서 조금만 앉아 있으라고 했다. 드디어 김 시인과 마주 앉았다. 차마 그 큰 눈을 정면으로 바라보지는 못하고 망설이던 나는 이혼 도장이 필요해서 왔노라고 했다. 김 시인의 얼굴이 점점 굳어지더니 결국 도장을 넘겨줬다. 그때 김 시인이 도장을 넘겨주지 않기를 나는 속으로 얼마나 바랐던가. 한 번만 기회를 달라고 무릎이라도 꿇고 빌고 싶어 했던가. 차라리 그가 상스러운 욕설이라도 내뱉으며 저주라도 퍼부어주었다면 좋았을 것을. 그러나 그는 처용처럼 말없이 등을 돌렸다.

수영의 도장을 받아 다시 이종구를 만났다. 그는 대뜸 도장을 받아 왔으면 자기에게 넘기라고 했다. 나는 호주머니에 넣어둔 도장을 손으로 한 번 꽉 쥐었다. 도장을 넘겨주면 김 시인과의 모든 인연이 끊어져버릴 것만 같았다. 그래서 나는 김 시인을 만나지 못했노라며 거짓말을 했다. 그리고는 탈출 계획을 짜기 시작했다. 결심이 서자 나는 아무런 미련 없이 달랑 핸드백 하나만 들고 집을 뛰쳐나왔다. 이종구가 찾을 수 없도록 우선 친구의 친구 집으로 도피했다. 거기서 한 달쯤 머물다가 친구를 통해 날뛰던 이종구의 기세가 다소 누그러졌다는 얘기를 듣고 성북동에 작은 방 하나를 얻었다. 이종구와도, 김 시인과도 결별하였으니 이제는 한 여성으로서 여학교 시절의 꿈을 이뤄보고 싶었다. 나는 소설가가 되고 싶었다. 그리고 그해 신춘문예 공모를 겨냥한 습작이 이어졌다. 아무도 찾아오지 않는 무인도와도 같은 그 방에서 밤을 하얗게 지새우며 원고지를 구겼다 폈다 하던 밤들이 얼마나 많았던가. 구겨서 던진 원고지가 마치 살아 있는 생물처럼 천천히 퍼지는 걸 무르춤하게 지켜보다가 갑자기 이런 생각이 들었다. '적어도 이종구를 떠난 사실을 김 시인에겐 알려야 하지 않을까. 내가 김 시인을 배반한 게 아니라는 걸 얘기해야 하지 않을까.'

소설 완성을 뒤로 미룬 채 편지를 썼다. 며칠 후 삼선교 근처에서 만나자는 내용이었다. 나는 김 시인과 만나기로 한 다방에 김 시인보다 늦게 나갔다. 정말로 김 시인이 나올 거라고 생각하지도 못했을뿐더러, 또 나온다 해도 내가 먼저 가서 기다리는 것도 그리 좋은 것 같지 않다고 생각했다. 잘못된 선택으로 김 시인을 떠나 있었지만 여전히 그에게만큼은 귀하고 당당한 여자이고 싶은 마음도 있었다. 그런데 이게 웬일인가. 조마조마 떨리는 마음을 다잡고 다방 문을 열고 들어가자 김수영이 그곳에서 나를 기다리고 있는 게 아닌가. 나를 본 김 시인은 별다른 말을 하지 않았다. 대신 내 손을 꼭 잡고는 근처 거리를 천천히 돌아 그길로 우리가 살던 집으로 갔다. 마치 늘 하던 산책이라도 하는 것처럼.

우리가 재회할 수 있었던 데는 김 시인의 여동생 김수명의 공도 한몫했다. 내가 보낸 편지를 수명이 오후에 먼저 받았다. 밤늦게 김 시인이 술에 취한 채 돌아오자 편지를 전하지 않고 감추어두었다고 했다. 감정이 격해 있을 때 그 편지를 읽었더라면 김 시인의 성격상 갈가리 찢어버렸을 것이 분명했다. 수명은 그런 오빠의 성미를 알고 다음 날 아침 취기가 가신 후에야 편지를 전해주었던 것이다.

강변에서 우리는

우리는 돈암동과 성북동의 셋방을 전전했
다. 그때나 지금이나 자기 집 없이 떠도는 사람들의 마음에 무
슨 여유가 있을까. 우리 역시 그랬다. 늘 향방 없이 쫓겨 다니는
검불 같다고나 할까. 그러던 어느 날, 용케도 마포 구수동에 내
마음에 꼭 드는 집이 매물로 나왔다. 덜컥 계약부터 했다. 그때
마포는 여느 시골 동네 못지않게 외진 곳이었다. 김 시인은 무
엇보다 그 한적함을 반겼다. 넓은 공터 중앙에 외롭게 올라가
있던 집이었다. 김 시인은 외따롭게 서 있는 집을 보고 꼭 상여
같다고 했다.

어느 날 시내에 나가보았더니 덕수궁 뒤편에 있는 배재학교
근처에서 서양식 돌벽돌 건물을 허물고 있었다. 마침 인부들은
허물고 난 돌벽돌을 버릴 궁리를 하고 있었다. 내 눈엔 함부로
내팽개쳐진 벽돌들의 빛깔과 모양이 예사롭지 않아 보였다. 아

까운 마음에 나는 그 돌벽돌을 차로 실어 날라 구수동 집의 굴뚝을 쌓았다. 후에도 이것저것 손을 많이 대고 보니 그럴듯한 양옥집으로 바뀌어가고 있었다. 물론 김 시인은 그때에도 '얼치기 양옥'이라며 좋은 말을 하는 법이 없었지만 내심 그 집의 구석구석을 흡족해하는 눈치였다. 나는 추위를 많이 타는 김 시인을 위해 화장실을 건물 안으로 들이고 김 시인의 작업실에는 통유리 창을 길게 내어 빛을 끌어모으는 데 모자람이 없도록 잔신경을 많이 썼다. 어려서부터 햇볕이 드는 곳을 옮겨 다니며 병든 병아리마냥 흰 목을 길게 빼고 서 있던 김 시인이 안쓰러웠다던 시어머니의 말이 생각났기 때문이다.

집 근처에 '엔젤'이라는 이름의 의상실도 하나 열었다. 진명여고 2학년 양재 시간부터 나는 바느질에 두각을 나타냈다. 양재 시간 외에도 한복을 만드는 재봉 시간도 있었다. 내가 제일 먼저 만든 옷은 두 살배기의 유아복이었다. 양재 시간에 쓸 옷감을 제각기 준비해야 했다. 나는 꽃무늬가 있는 분홍 천과 칼라로 꾸밀 흰색 천을 골랐다. 당시 진명여고의 졸업 작품전은 남자 모시 두루마기를 만드는 것이었는데 여간 까다로운 것이 아니었다. 방학에는 세 여동생의 여름 원피스를 만들어 입혔다. 동생들을 그렇게 입히고 집안 행사라도 가면 이를 본 친지들이 감탄을 하며 슬며시 자기 옷을 부탁해오는 경우도 있었다.

훗날 김 시인의 옷도 내가 직접 해 입히는 경우가 많았다. 패

션에 관해서 김 시인은 명확한 기호를 갖고 있었다. 한복은 꼭 무명으로 만든 것만 입었다. 바지는 고동색이나 회색 솜바지를 좋아했고, 조끼는 거추장스럽다며 싫어했다. 저고리는 얄팍하게 솜을 넣었고 마고자는 단추 대신 끈으로 여미었다. 추위를 많이 타는 김 시인을 위해 두툼한 원단으로 겨울 와이셔츠 같은 것을 직접 만들었다. 한겨울이면 '장미표' 실로 짠 스웨터를 입혔고, 여름에는 여름용 트렌치코트도 만들어주었다. 김 시인의 몸에는 기성복도 꼭 맞았다. 48사이즈를 입으면 어디 하나 남고 모자란 구석 없이 맞춤했다. 김 시인이 입다가 무릎이나 엉덩이가 닳은 옷들은 매듭을 풀어 재사용할 수 있는 부분만 오려내 작은 아이의 옷을 해 입혔다. 가을 옷은 무릎이나 칼라 부분에 가죽이나 코르덴을 덧대고, 여름에는 짧은 핫팬츠를 만들어 스타킹을 함께 신겼다. 이런 아이의 옷차림을 길에서 본 사람들이 어디서 산 옷이냐고 물어오는 일이 적지 않았다.

지인들이 옷을 만들어달라는 부탁이 점점 늘어만 갔다. 처음에는 옷값을 주로 돼지고기나 물건 같은 것으로 대신했지만 주문이 늘고부터는 일하는 사람들의 품삯도 줄 겸 돈으로 받기로 했다. 그러다 영국산 옷감을 마카오에서 직접 들여와 쓰기 시작했다. 그때부터는 서울에 사는 형편이 넉넉한 사람들이 옷을 주문해왔다. 새로운 재봉법을 익히기 위해 좋은 옷을 사다가 일일이 뜯어보기도 했고 김 시인의 시 「VOGUE야」에 등장하듯 『VOGUE』지 뒤편에 실린 해외 디자이너들의 패턴을 연구하기도 했다. 그럴 때면 으레 김 시인이 영문 번역을 도와주었다. 1968년에는 신문로로 의상실을 옮겼다. 계약할 때에는 김 시인과 함께 갔지만 이사는 김 시인이 타계한 이후에나 할 수 있었다. 신문로에는 소위 고급 손님들이 몰렸다. 본채에서는 살롱처럼 손님만 맞이했고, 재봉실과 재봉공들의 기숙사, 식당 등은 따로 두어 운영할 만큼 규모도 있었다. 이후 1973년에는 동부이촌동으로 자리를 옮기면서 상호를 '그레이스'로 바꾸었다.

나는 시인의 아내다

1974년 8월 15일 육영수 여사가 문세광에게 저격당한 그날이었다. 저녁이 되자 서울에 부슬부슬 비가 내렸다. 전화벨이 울렸다. 당시 현대문학사에 다니다가 얼마 전 그만둔 김 시인의 여동생 김수명이었다. 오빠의 시선집『거대한 뿌리』가 나왔다고 했다. 원래『거대한 뿌리』는 선집 형태가 아니라 김 시인이 평소에 신세를 많이 졌던 신동문 시인의 주선으로 '신구문화사'에서 전집으로 나올 예정이었다. 전집 원고는 내가 일일이 편집을 했는데, 광고가 나가고 조판 작업까지 이루어졌다가 당시 설립된 신구학원의 재원 마련을 위해 신구문화사가 기금으로 출연되며 출판이 성사되지 않았다. 1969년에 넘긴 원고였고, 부탁한 전집이 아니라 선집이었지만 그런대로 위로가 되었다.

수명은 민음사로부터 그 책의 인세 조로 5만 원을 받는데 어떻게 할지를 내게 물어왔다. 나는 아가씨에게 그 무거운 원고 묶음을 들고 고생을 많이 했으니 알아서 살 쓰라고 말했다. 이후 어찌 된 영문인지 김 시인의 인세와 저작권에 관하여 나와는 점점 먼 얘기가 되는 것이었다. 2008년 직접 내가 민음사 측과 만나기 전까지 말이다.

나는 의상실을 그만두고 미술 디렉터이자 컬렉터로 나섰다. 김 시인과 함께 틈틈이 화집을 보던 시절의 경험으로 자연스럽게 판소리 귀명창처럼 내게도 미의식이 생겨난 것일까. 하기야 김 시인은 한때 명동의 극장에서 당시 초현실주의 화가로 알려져 있던 박일영과 함께 영화 간판을 그린 적도 있었다. 나는 특별히 미술 공부를 한 적은 없었지만 전망 있는 작품 세계를 가진 신진 작가를 발견하면 작품이 팔릴 수 있도록 전시 기획부터 대관, 홍보, 판매까지 디렉팅을 했다. 닥종이 인형으로 유명한 김영희 작가와 김점선 화가 등도 그 시절에 만나 연을 맺은 분들이다.

좀 더 여유가 생기자 충북 보은에 가옥을 사서 김 시인의 서재를 그곳으로 옮긴 것이 1981년이었다. 나는 혼자서라도 김 시인의 문학관을 마련하고 싶었다. 하지만 그곳에서 김 시인이 즐겨 읽던 『엔카운터』 『파르티잔 리뷰』 『현대문학』 등의 도서들을 도난당하는 일이 발생했다. 아울러 김 시인이 받은 증정 시집들과 시가 게재된 문예지들도 잃어버렸다. 지금도 그 일만 생각하면 너무나 안타깝고 섬뜩할 수가 없다. 다행히 그가 좋아했던 화집과 원서, 시인 조병화가 부러워했던 그 넓은 책상, 시 「의자가 많아서 걸린다」의 시 소재인 의자, 하이데거 전집, 노리다케 그릇 등은 남아 그런대로 생전 작업실을 재현해놓을 수 있었다. 나는 그 작업실을 지금 살고 있는 용인에 그대로 품고 있다.

어느 날, 한 신문에서 『김수영 육필시고 전집』이 나온다는 기사를 읽었다. 선뜻 이해가 가지 않았다. 김 시인의 육필 원고라면 내가 초고를 정서한 것과 김 시인이 쓴 것이 한데 섞여 있어 다른 사람은 구별하기 힘들 테고, 또한 대부분의 육필 원고는 내가 갖고 있는데, 김수영 육필 원고라니……. 그 책이 나올 거라는 민음사의 회장에게 전화를 걸었다. 통화는 쉽지 않았다. 몇 번이고 전화를 걸어도 출타 중이니 후에 전화를 주겠노라는 말이 자동응답기처럼 되풀이되었다. 김 시인이 타계한 뒤 인세는커녕 안부 한 번 물어오지 않았던 그간의 서운한 마음이 노도처럼 일었다. 그때까지 시인의 미망인으로서, 유족으로서 나는 김 시인과 관계된 일들로부터 저만치 방치되어 있었다.

나는 직접 찾아가기로 마음먹었다. 나는 한껏 치장을 하고 직접 차를 몰아 강남에 위치한 회사로 갔다. 마침 입구에 있던 한 직원에게 회장실이 어디냐 물으니 약속을 하고 온 줄 알았는지 친절하게 문 앞까지 바래다주었다. 노크를 하고 들어가니 회장이 놀란 눈으로 나를 맞이했다. 나는 육필 원고를 줄 수 없고 대신 스캔해가는 것은 허락하겠다고 했다. 저작권 관리는 김수명에게 있되 저작권료는 내가 받는다는 형식의 기이한 합의서도 한 장 작성했다. 출판에 문외한이었던 나는 미망인인 내가 저작권자인데 왜 저작권 관리를 분리하는지 따져 묻지도 못했다. 나는 그 누구에게도 저작권을 양도한 적이 없는데 말이다. 이후 40여 년 만에 처음으로 얼마간의 인세를 받았다. 그것이 내가 김 시인에게 온전히 받은 첫 돈 봉투였다는 생각에 평소에 잘 흘리지도 않는 눈물이 났다.

얼마 전 어느 기념식장에서 60년 만에 이화여대를 같이 다닌 한 동문을 우연히 만난 적이 있다. 사실 그동안 나는 동창회나 동문회에 잘 나가지 않았다. 나름 엘리트 의식에 빠져 있던 그녀들은 나를 만나면 이대를 나와 양계장이나 한다며, 혹은 가난한 술꾼 시인과 산다며 깎아내리기 일쑤였다. 그런데 오랜 시간이 흘러 그곳에서 마주친 한 동문이 다가와 내 손을 덥석 잡더니 갑자기 김 시인의 이야기부터 하는 것이었다. 내가 한생을 함께한 사람이 100년에 한 번 나올까 말까 한 시인이자 예술가였다는 사실을 이제야 깨달았다고 했다. 별달리 할 말이 없어진 나는 살며시 미소를 지어 보였다.

1927년 6월 14일 저녁, 나는 세상에 태어나 처음 눈을 떴다. 산파와 어머니는 나를 낳자마자 큰 걱정부터 했다고 한다. 갓 태어난 신생아인데도 마치 첫돌이 지난 아이마냥 머리카락과 눈썹, 속눈썹이 길게 자라 있었기 때문이다. 게다가 울음도 터트리지 않았다. 울지 않는 아이. 대신 창밖에 시선을 두고 구름이 달에 스쳐 가는 길을 따라 천천히 눈동자를 돌렸다고 했다. 너무나 큰 눈이 겁이 나셨다고 했다.

　마치 어떤 설화적인 분위기에 감싸인 탄생을 추억하듯 나는 내 삶의 최초의 장면처럼 김 시인이 지금도 나를 이끌고 있음을 안다. 구름이 달에 스쳐 가는 길을 따라 나는 시인의 아내로서 살았고, 시인의 아내로서 눈을 감을 것이다.

구수동 41-2번지 집 앞에서 큰아들 김준과 작은아들 김우

김준 덕수초등학교 6학년 때(1963)

제2장

내가 읽은 김수영의 시

「달나라의 장난」

달나라의 장난

팽이가 돈다
어린아해이고 어른이요
신기로워 물그럼이 보고 있기를 좋아하는
나의 너무 큰 눈앞에서
아이가 팽이를 돌린다
살림을 사는 아해들도 아름다웁듯이
노는 아해도 이롭다워 보인다고 생각하면서
손님으로 온 나는 이집 주인과의 이야기도
잊어버리고
또 한번 팽이를 돌려 주었으면 하고 원하
는 것이다
都會안에서 쫓겨다니는 듯이 사는 나의
일이며
어느 小說보다도 신기로운 나의 生涯이며
모두 다 내던지고

점잔히 앉은 나의 나이와 그 나이가 준
나의 무거를 생각하면서
정말 속임없는 눈으로
지금 팽이가 도는 것을 본다
그러면 팽이가 깜앙게 변하여 서서 있는
것이다
누구집을 가보아도
나 사는 곳보다는 賒侈가 있고 바쁘지도 않으나
마치 別世界같이 보인다
팽이가 돈다
팽이가 돈다
팽이 밑바닥에 꽂을 돌려매이니
이상하고
팽이가 손가락 사이에 끈을 한끝 잡고 방바닥에
내어던지니
소리없이 回색빛으로 도는 것이
오래 보지못한 달나라의 장난 같다

팽이가 돈다
팽이가 돈면서 나를 울린다
젯트機 壁畵 밑에 나보다 더 뜨뜻한
주인 앞에서
나는 결코 울어야 할 사람은 아니며
영원히 나 자신을 고쳐가야 할 運命과
使命에 놓여 있는 이 밤에
나는 한사코 謙조차 하여서는 아니 될 터인데
팽이는 나를 비웃는 듯이 돌고 있다
비행기 曲예보다 더 아슬한 것이
뭐나 차란 마음이 이기에
팽이는 지금 數十年前의 聖人과 같이
내 앞에서 돈다
생각하면 서러운 것인데
너도 나도
스스로 도는 힘을 위하여

꽁꽁된 그 무엇을 위하여
울어서는 아니 된다는 듯이
서서 돌고 있는 것인가
팽이가 돈다
팽이가 돈다

토끼

1

토끼는 입으로 새끼를 뱉으다

토끼는 태어날 때부터
뛰는 훈련을 받는 그러한 운명에 있었다
그는 어미의 입에서 탄생과 동시에 추락을 선고받는 것이다

토끼는 앞발이 길고
귀가 크고
눈이 붉고
또는 "이태백이 놀던 달 속에서 방아를 찧고"……
모두 재미있는 현상이지만
그가 입에서 탄생되었다는 것은 또 한 번 토끼를 생각하게
한다

자연은 나의 몇 사람의 독특한 벗들과 함께
토끼의 탄생의 방식에 대하여

하나의 이덕(異德)을 주고 갔다

우리집 뜰 앞 토끼는 지금 하얀 털을 비비며 달빛에 서서 있
다

토끼야

봄 달 속에서 나에게만 너의 재조(才操)를 보여라

너의 입에서 튀어나오는

너의 새끼를

2

생후의 토끼가 살기 위하여서는

전쟁이나 혹은 나의 진실성 모양으로 서서 있어야 하였다

누가 서 있는 게 아니라

토끼가 서서 있어야 하였다

그러나 그는 캥거루의 일족은 아니다

수우(水牛)나 생어(生魚)같이

음정을 맞추어 우는 법도

습득하지는 못하였다

그는 고개를 들고 서서 있어야 하였다

몽매(蒙昧)와 연령(年齡)이 언제 그에게

나타날는지 모르는 까닭에

잠시 그는 별과 또 하나의 것을 쳐다보고 있어야 하는 것이다
또 하나의 것이란 우리의 육안에는 보이지 않는 곡선 같은
것일까

초부(樵夫)의 일하는 소리
바람이 생기는 곳으로
흘러가는 흘러가는 새소리
갈대 소리

"올겨울은 눈이 적어서 토끼가 은거할 곳이 없겠네"

"저기 저 하아얀 것이 무엇입니까"
"불이다 산화(山火)다"

(1949)

• • •

김 시인과의 신혼 생활은 즐거웠다. 시어
머니가 일숫돈을 얻어 돈암동에 살림집을 하나 얻어주셨다. 나
는 아직 정식으로 혼인 허락을 받지 못했던 터라 아버지가 외
출을 할 시간이면 친정집 내 방에 들어가 책과 세간을 몰래 가

져왔다. 부족한 살림이었지만 딱히 필요한 것도 더 없었다. 하루는 내 여동생이 집에 놀러 왔다. 여동생은 저녁을 먹으면서 기르고 있는 토끼 이야기를 많이 했다. 동생이 돌아가자 김 시인은 펜과 종이를 가져오라 했다. 한참을 뭔가 적고 나서 보여 준 시가 바로 「토끼」였다.

김 시인은 동물을 좋아했다. 특히 토끼가 뿜는 비릿하고도 구수한 냄새를 좋아했다. 마포에 살 때 양계를 하는 집에서 토끼를 같이 키워야 좋다는 말을 듣고 토끼를 몇 마리 사 와 기른 적도 있었다. 후에 시어머니 댁에 차려드린 양계장에도 토끼장을 짓고 병든 닭을 번갈아 넣었다. 토끼 오줌이 닭들의 병(病)에 좋다는 속설을 시어머니와 김 시인은 믿는 듯했다.

내가 양계를 그만두고 본격적으로 토끼를 기르자고 했을 때 김 시인은 반대를 했다. 토끼도 닭만큼 힘들 뿐만 아니라 좋아하는 것에는 기업 의식이 침투하면 안 된다는 것이 이유였다.

하루는 토끼와 함께 있는 닭들을 바라보며 세계 평화나 존재들의 우애가 바로 저런 모습이 아니겠냐고 말해 오기도 했다. 내가 토끼띠이고 김 시인이 닭띠이니 김 시인의 흐뭇함은 우리 부부의 모습일 수도 있겠다는 생각이 나중에서야 들었다.

달나라의 장난

팽이가 돈다

어린아해이고 어른이고 살아가는 것이 신기로워

물끄러미 보고 있기를 좋아하는 나의 너무 큰 눈 앞에서

아이가 팽이를 돌린다

살림을 사는 아해들도 아름다웁듯이

노는 아해도 아름다워 보인다고 생각하면서

손님으로 온 나는 이 집 주인과의 이야기도 잊어버리고

또 한 번 팽이를 돌려주었으면 하고 원하는 것이다

도회 안에서 쫓겨 다니는 듯이 사는

나의 일이며

어느 소설보다도 신기로운 나의 생활이며

모두 다 내던지고

점잖이 앉은 나의 나이와 나이가 준 나의 무게를 생각하면서

정말 속임 없는 눈으로

지금 팽이가 도는 것을 본다

그러면 팽이가 까맣게 변하여 서서 있는 것이다

누구 집을 가보아도 나 사는 곳보다는 여유가 있고

바쁘지도 않으니

마치 별세계같이 보인다

팽이가 돈다

팽이가 돈다

팽이 밑바닥에 끈을 돌려 매이니 이상하고

손가락 사이에 끈을 한끝 잡고 방바닥에 내어던지니

소리 없이 회색빛으로 도는 것이

오래 보지 못한 달나라의 장난 같다

팽이가 돈다

팽이가 돌면서 나를 울린다

제트기 벽화 밑의 나보다 더 뚱뚱한 주인 앞에서

나는 결코 울어야 할 사람은 아니며

영원히 나 자신을 고쳐가야 할 운명과 사명에 놓여 있는 이

밤에

나는 한사코 방심조차 하여서는 아니 될 터인데

팽이는 나를 비웃는 듯이 돌고 있다

비행기 프로펠러보다는 팽이가 기억이 멀고

강한 것보다는 약한 것이 더 많은 나의 착한 마음이기에

팽이는 지금 수천 년 전의 성인과 같이

내 앞에서 돈다

생각하면 서러운 것인데

너도 나도 스스로 도는 힘을 위하여

공통된 그 무엇을 위하여 울어서는 아니 된다는 듯이

서서 돌고 있는 것인가

팽이가 돈다

팽이가 돈다

(1953)

• • •

1950년 8월, 의용군으로 끌려간 지 2년 만에 포화를 뚫고 김 시인은 포로수용소에서 살아 돌아왔다. 그러나 얼마 되지 않아 그는 가족의 생계를 책임지기 위해 곧바로 부산으로 내려가야 했다. 어느 날 나는 부산에서 직장을 얻으려고 애를 쓰고 있는 그에게 편지를 보냈다. 편지에 한 장의 만화를 그려 넣었다. 포로수용소에서 갓 나온 그가 거리에서 거리로 굶주리며 떨고 있을 것을 생각하니 마음이 저려왔다. 그런 김 시인을 따스한 유머로 위로하고 싶었다. 나는 편지에다 접시 위의 김이 모락모락 나는 앙꼬빵 세 개를 그렸다. 그 그림은 내가 지난밤 꾸었던 꿈속의 한 장면이었다.

편지를 받은 그가 답장을 보내왔다. 거기에는 그림을 보고 웃다가 울었다는 글과 함께 시 「달나라의 장난」이 적혀 있었다. 이 시를 읽으면서 나는 무던히 후회를 했다. 그의 어둡고 애절한 생활에 부채질을 한 것이 아닌가. 훗날 우리는 그 철없는 앙꼬빵 만화 편지를 회고하며 종종 이야기를 나누었다. 얘기를 꺼낼 때마다 우리는 웃고 또 웃고 했지만 그 당시의 우리들의 비애는 잊을 수 없는 소중한 것이기도 하다.

나는 이 시가 담긴 편지를 받은 후 아이를 업고 유일하게 남은 금시계를 팔아서 부산으로 곧 떠났다. 나보다도 그가 얼마나 더 절박한 심정이었을까. 앙꼬빵을 공상할 수 있는 나의 무딘 여유가 부끄러웠다. 그를 더욱 초조하고 절박하게 만들어놓은 것만 같았다.

부산에 도착해보니 그는 대구 모처에 통역관으로 취직을 해서 바로 만날 수는 없었다. 다시 대구로 올라가 김 시인을 만났으나 무일푼의 처지는 여전했다. 아이와 더불어 더욱 어깨가 무거워지는 것 같았다. 거기다 그는 통역이란 일이 더러운 직업이라고 오늘부로 그만둔다는 날벼락 같은 말을 하는 게 아닌가. 어둡고 침침한 그의 하숙방에서 하룻밤을 지내는데 어린 아들은 추워서 온밤을 울어댔다. 나는 지칠 대로 지친 몸을 끌고 이튿날 아침 다시 수원으로 돌아왔다. 대구역에서 김 시인의 친구가 쥐여준 한 봉지의 사과가 수원에 내릴 때는 단 한 개의 사과로 내 손에 덩그러니 남아 있었다. 차 속에서 보채며 우는 아이를 달래기 위해, 그리고 내 허기진 배를 채우다 보니 그렇게 된 것이었다. 붉은 사과 한 알이 마치 우리의 사랑을, 생활을 말해주는 듯 외롭고 쓸쓸하게만 보였다.

방 안에서 익어가는 설움

비가 그친 후 어느 날—
나의 방 안에 설움이 충만되어 있는 것을 발견하였다

오고 가는 것이 직선으로 혹은
대각선으로 맞닥뜨리는 것 같은 속에서
나의 설움은 유유히 자기의 시간을 찾아갔다

설움을 역류하는 야릇한 것만을 구태여 찾아서 헤매는 것은
우둔한 일인 줄 알면서
그것이 나의 생활이며 생명이며 정신이며 시대이며 밑바닥
이라는 것을 믿었기 때문에—
아아 그러나 지금 이 방 안에는
오직 시간만이 있지 않으냐

흐르는 시간 속에 이를테면 푸른 옷이 걸리고 그 위에
반짝이는 별같이 흰 단추가 달려 있고

가만히 앉아 있어도 자꾸 뻐근하여만 가는 목을 돌려

시간과 함께 비스듬히 내려다보는 것

그것은 혹시 한 자루의 부채

—그러나 그것은 보일락 말락 나의 시야에서

멀어져가는 것—

하나의 가냘픈 물체에 도저히 고정될 수 없는

나의 눈이며 나의 정신이며

이 밤이 기다리는 고요한 사상마저

나는 초연히 이것을 시간 위에 얹고

어려운 몇 고비를 넘어가는 기술을 알고 있나니

누구의 생활도 아닌 이것은 확실한 나의 생활

마지막 설움마저 보낸 뒤

빈 방 안에 나는 홀로이 머물러 앉아

어떠한 내용의 책을 열어보려 하는가

(1954)

...

"우리 아이는 낳지 말고 문학만 하자!"

김 시인과 함께 산 지 얼마 되지 않은 어느

날, 그는 나에게 말해왔다. 시인인 자신과 함께 살아야 할 나의 삶을 걱정이라도 한 것일까? 물론 훗날 첫째 준(儁)과 둘째 우(瑀)를 낳긴 했지만 말이다. 우리는 김 시인의 번역일과 내가 하는 삯바느질로 하루하루 생계를 이어갔다. 번역료는 바느질삯보다 적었지만 그마저도 일정하게 일이 들어오는 경우가 없었다. 형편이 더 어려워지자 나는 재봉틀과 금가락지를 내다 팔아야 했다. 하루는 김 시인이 내게 외설적인 소설을 한 편 써보라고 했다. 원고료는 두둑하게 받을 수 있다며, 대신 이름은 필명으로 하자고 했다. 나는 헌책방을 뒤져 일본 책들을 참고한 뒤, 바느질하듯이 써내려가 80매 분량의 소설을 뚝딱 완성했다. 한 번 쓱 읽어본 김 시인은 "김현경이 다시 봐야겠어" 하고는 원고를 들고 나갔다.

어찌 된 일인지 그날 밤 김 시인은 만취해서 돌아왔다. 당시 김 시인은 현찰이 아니면 원고를 절대 내주지 않았기에, 나는 메모지에다 집에 오는 길에 사 올 몇 가지 생필품을 적어주었다. 그런데 받은 원고료를 모두 술값에 쓴 모양이었다. 그런 김 시인을 보자 나는 "나, 너하고 안 살아"라는 말과 함께 집을 나가겠다고 엄포를 놓았다. 그제야 김 시인은 그따위 소설을 쓰게 해서 미안하다고 사과를 해왔다. 생계를 위해 아내에게 그런 일까지 맡긴 김 시인의 마음이 오죽했겠는가. 외설적인 소설의 고료를 받아서라도 살림에 보태려 했던 자신이 후회스럽고 마음이 괴로워 술을 진탕 마시고 돈을 모두 쓰고 온 게 분명

했다.

그 후로 김 시인은 걸코 호구지책을 위해서 양심에 가책을 느끼는 일이나 부정한 일을 하는 법이 없었다. 김 시인의 표현을 빌리자면 그는 '진짜 속물'이 되려 했다. 가끔 스스로 매문(賣文)을 하고 있다고도 말했다. 이왕 도둑이 된 바에야 좀도둑이 아니라 직업적인 날도둑놈이 되려 했다. 진짜 속물이 되는 일은 속물이 되지 않으려고 발버둥 치는 일만큼 어렵다고 했다. 그만큼 고독하다고도 했다.

도취(陶醉)의 피안(彼岸)

내가 사는 지붕 위를 흘러가는 날짐승들이
울고 가는 울음소리에도
나는 취하지 않으련다

사람이야 말할 수 없이 애처로운 것이지만
내가 부끄러운 것은 사람보다도
저 날짐승이라 할까
내가 있는 방 위에 와서 앉거나
또는 그의 그림자가 혹시나 떨어질까 보아 두려워하는 것도
나는 아무것에도 취하여 살기를 싫어하기 때문이다

하루에 한 번씩 찾아오는
수치와 고민의 순간을 너에게 보이거나
들키거나 하기가 싫어서가 아니라

나의 얇은 지붕에서 솔개미 같은
사나운 놈이 약한 날짐승들이 오기를 노리면서 기다리고
더운 날과 추운 날을 가리지 않고

늙은 버섯처럼 숨어 있기 때문에도 아니다

날짐승의 가는 발가락 사이에라도 잠겨 있을 운명 –
그것이 사람의 발자욱 소리보다도
나에게 시간을 가르쳐주는 것이 나는 싫다

나야 늙어가는 몸 위에 하잘것없이 앉아 있으면 고만이고
너는 날아가면 고만이지만
잠시라도 나는 취하는 것이 싫다는 말이다

나의 초라한 검은 지붕에
너의 날개 소리를 남기지 말고
네가 던지는 조그마한 그림자가 무서워 벌벌 떨고 있는
나의 귀에다 너의 엷은 울음소리를 남기지 말아라

차라리 앉아 있는 기계와 같이
취하지 않고 늙어가는
너와 나의 겨울을 한층 더 무거운 것으로 만들기 위하여
나의 눈일랑 한층 더 맑게 하여다오
짐승이여 짐승이여 날짐승이여
도취의 피안에서 날아온 무수한 날짐승들이여

(1954)

　　　　　나는 이 시를 김 시인의 시 중에 제일로 꼽는다. 서정의 가락이 유창하게 늘어서 있는 문장들이 특히 좋았다. 하지만 명확한 의미는 선뜻 다가오지 않았다. 해서 언제인가 김 시인에게 무엇을 생각하고 이 시를 썼냐고 물었다. 김 시인은 사회주의에 대한 노스탤지어라고 말했다.

　그는 늘 자유에 대해 목말라했다. 헌법 조항에 명시되어 있는 언론의 자유나 사상의 자유가 구현되려면 지금과는 전혀 다른 환경이 주어져야 한다고 했다. 이 두 자유에 대해 정부는 구속을 그만두고 사회주의를 부흥시켜야 한다고도 했다. 술을 마시고 돌아온 날이면 학자와 예술가가 왜 국가를 초월한 불가침의 존재이어야 하는지 나를 앞에 두고 일장 연설을 펼쳤다. 특히 자유로운 비판을 할 수 있고 간혹 사회주의 국가의 초빙을 받아 유학을 다녀오는 일본의 문인들을 부러워했다.

　문학인들이 모인 단체들도 김 시인의 마음에 차지 않았다. 그러한 단체에 기대 신문에 자신의 이름과 사진이 나는 것을 좋아하고, 라디오나 텔레비전 방송에 출연을 즐기고, 자가용 모는 것을 꿈꾸고, 국제 펜클럽 대회가 어디에서 열리는지 궁금해하는 일부 문인들을 경멸했다. 이상적인 사회에서 문인은 하등의 단체를 필요로 하지 않는다는 말을 서간으로 전하며 김 시인은 한국문인협회나 시인협회를 탈퇴했다. 그러면서 과거 자신이 무형의 사회적 압력에 대한 피신처로 문학 단체를 이용한 데에 사과하고 반성했다. 그럴 때마다 스스로에게 되묻곤 했던 질문이 아직도 귓가에 생생하다.

"내가 나쁘냐? 우리나라가 나쁘냐?"

여름 아침

여름 아침의 시골은 가족과 같다
햇살을 모자같이 이고 앉은 사람들이 밭을 고르고
우리 집에도 어저께는 무씨를 뿌렸다
원활하게 굽은 산등성이를 바라보며
나는 지금 간밤의 쓰디쓴 후각과 청각과 미각과 통각마저 잊어버리려고 한다

물을 뜨러 나온 아내의 얼굴은
어느 틈에 저렇게 검어졌는지 모르나
차차 시골 동리 사람들의 얼굴을 닮아간다
뜨거워질 햇살이 산 위를 걸어 내려온다
가장 아름다운 이기적인 시간 위에서
나는 나의 검게 타야 할 정신을 생각하며
구별을 용사(容赦)하지 않는
밭고랑 사이를 무겁게 걸어간다

고뇌여

강물은 도도하게 흘러 내려가는데
천국도 지옥도 너무나 가까운 곳

사람들이여
차라리 숙련이 없는 영혼이 되어
씨를 뿌리고 밭을 갈고 가래질을 하고 고물개질을 하자

여름 아침에는
자비로운 하늘이 무수한 우리들의 사진을 찍으리라
단 한 장의 사진을 찍으리라

(1956)

• • •

황무지 같았던 서강 언덕에 삶의 자리를
잡았을 무렵의 시다. 집 주변에는 인도가 드물었고 이웃도 100
미터나 떨어진 외딴곳이었다. 주위 500평 땅에는 잡초가 무성
하게 우거져 숲을 연상할 정도였다. 이곳으로 옮긴 다음 날부
터 우리는 풀을 뽑고 땅을 파고 씨를 뿌렸다. 농사라고 할 건 없
지만 500평의 채소밭을 가꾸어보니 농부들의 땀이 얼마나 값진
것인가도 알게 되었다. 비가 적절하게 내려 농사가 순조로우면

채소는 풍작이지만 흔해서 값이 떨어졌고, 날이 가물면 결국 수확이 없으니 밥을 굶게 마련인 원시적인 방편이었다. 우리는 소박한 농부가 되어 누구에게도 아첨할 필요 없이 깨끗하고 맑은 정신으로 있을 수 있었다. 그는 농부요, 나는 알뜰한 농부의 아내를 자처했다. 그는 또한 매일같이 책을 읽고 쓰고 또 읽고 쓰고 했다. 농부와 시인이 하나였던 시절이었다. 그때 우리의 살림을 마치 사진 찍듯이 적은 시가 「여름 아침」이다. 결국 유명을 달리하는 날까지 여기서 우리는 10여 년의 역사를 쌓았다.

백의(白蟻)

내가 비로소 여유를 갖게 된 것은

거리에서와 마찬가지로 집 안에 있어서도 저 무시무시한 백의(白蟻)를 보기 시작한 때부터이었다

백의는 자동식 문명의 천재이었기 때문에 그의 소유주에게는

일언의 약속도 없이 제가 갈 길을 자유자재로 찾아다니었다

그는 나같이 몸이 약하지 않은 점에 주요한 원인이 있겠지만

뇌신(雷神)보다 더 사나웁게 사람들을 울리고

뮤즈보다도 더 부드러웁게 사람들의 상처를 쓰다듬어준다

질책의 권리를 주면서 질책의 행동을 주지 않고

어떤 나라의 지폐보다도 신용은 있으나

신체가 너무 왜소한 까닭에 사람들의 눈에 띄지를 않는다

고대 형이상학자들은 그를 보고 '양극의 합치'라든가 혹은 '거대한 희열'이라고 부르고 있었지만

19세기 시인들은 그를 보고 '도피의 왕자' 혹은 단순히 '여유'라고 불렀다

그는 남미의 어느 면공업자의 서자로 태어나서

나이아가라 강변에서 수도공사(隧道工事)에 정신(挺身)하고 있었다 하며

그의 모친은 희랍인이라고 한다

양안(兩眼)이 모두 담홍색을 하고 있는 것으로 보아

그가 오랜 세월을 암야(暗夜) 속에서 살고 있었던 것만은 확실하다고 나는 생각한다

나의 맏누이동생이 그를 '하니'라고 부르고 있는 것이 아니꼬와서

내가 어느날 그에게 '마신(魔神)'이라고 별명을 붙였더니

그는 대뜸

"오빠는 어머니보다도 더 완고하다"고 하면서

나를 도리어 꾸짖는 척한다

(그가 나를 진심으로 꾸짖지 않았다는 것을

나는 그의 은근하고 매혹적인 표정에서 능히 감득할 수 있었다)

─비참한 것은 백의이다

그는 한국에 수입되어 가지고 완전한 고아가 되었고

거리에 흩어진 월간 대중잡지 위에 매월 그의 사진이 게재되어왔을 뿐만 아니라

어느 삼류 신문의 사회면에는 간혹 그의 구제금 응모 기사 같은 것이 나오고 있다

나는 이러한 사진과 기사를 볼 때마다

이것은 『애틀랜틱』과 『하퍼스』의 광고부의 분실(分室)이 나타났다고

이곳 저널리스트의 역습의 묘리에 감탄하고 있었는데

백의는 이와 같은 나의 안심과 태만을 비웃는 듯이

어느 틈에 우리 가정의 내부에까지 침입하여 들어와서

신심양면(身心兩面)의 허약증으로 신음하고 있는 나를 독촉하여

「희랍인을 모친으로 가진 미국인에게 대한 호소문」과 「정신상(精神上)으로 본 희랍의 독립선언서」를 써서

전자(前者)를 현재 일리노이 주에 있는 자기의 모친에게 보내고

후자는 희랍 국립박물관 관장에게 보내달라고 한다

이러한 그의 무리한 요청에 대하여 나는 하는 수 없이

"그것은 나의 역량 이상의 것이므로 신세계극단의 연출자 S씨를 찾아가보라"고

터무니없는 거짓말을 하여가지고 즉석에 거절하여버렸다

오히려 이와 같은 나의 경멸과 강의(剛毅)로 인하여

나는 그날부터 그를 진심으로 사랑하게 되었다

그러나 바로 어저께 내가 오래간만에 거리에 나가니

나의 친구들은 모조리 나를 회피하는 눈치이었다

그중의 어느 시인은 다음과 같이 나에게 욕을 하였다

"더러운 자식 너는 백의와 간통하였다지? 너는 오늘부터 시인이 아니다……"

─백의의 비극은 그가 현대의 경제학을 등한히 하였을 때에서부터 시작되었던 것이다

(1956)

···

        김 시인이 쓴 「백의」를 원고지 위에 정서하면서 나는 고개를 갸웃거렸다. 고백적이고 다소 자조적인 전체적 시의 분위기는 느껴졌지만 '백의'라는 것이 구체적으로 무엇을 말하는지 선뜻 이해가 되지 않았다. 다음 날 아침, 나는 김 시인에게 그 '백의'에 대해 물어보았다. 김 시인은 그것이 '밀가루'를 염두에 둔 것이라고 했다. 밀가루도 그냥 밀가루가 아닌 미국의 원조로 들어온 밀가루. 결국 수영에게 '백의'는 사회 · 경제 · 문화, 어느 것 하나 예외 없이 미국에 종속되어버린 우리의 현실을 염두에 둔 상징이었다. 1967년 가을, 어느 지면에서 영화평을 청탁받은 김 시인은 나와 함께 극장에 갔다. 김 시인은 영화를 반도 채 보지 않고 극장에서 뛰쳐나갔다. 영화 속 배우들의 말투며 표정, 포즈 하나하나까지 미국의 영화배우들을 모방한 것이 너무도 불쾌하다고 했다. 물건이나 상품은 그렇다 쳐도 당시 예술과 예술가들이 갖고 있는 사대주의적 태도를 김 시인은 용납하지 않았다. 그는 우리들만의 새로운 옷을 찾아야 한다고 했다.

폭포

폭포는 곧은 절벽을 무서운 기색도 없이 떨어진다

규정할 수 없는 물결이
무엇을 향하여 떨어진다는 의미도 없이
계절과 주야(晝夜)를 가리지 않고
고매한 정신처럼 쉴 사이 없이 떨어진다

금잔화(金盞化)도 인가도 보이지 않는 밤이 되면
폭포는 곧은 소리를 내며 떨어진다

곧은 소리는 소리이다
곧은 소리는 곧은
소리를 부른다

번개와 같이 떨어지는 물방울은
취할 순간조차 마음에 주지 않고
나타(懶惰)와 안정을 뒤집어놓은 듯이

높이도 폭도 없이

떨어진다

(1957)

•••

　　　　　무엇보다도 그는 '소리'에 민감했다. 어
느 날 옆방에 사는 여인들이 지절대는 수다를 참다 못해 화로
를 마당에 내던진 일도 있었다. 이 소동으로 동네 사람들은 그
를 멀리했고 이방인 취급을 하기도 했다. 작은 소음에도 신경
을 날카롭게 곤두세우는 김 시인이 글을 쓸 때면 온 식구가 발
소리를 내지 않으려 고양이처럼 걸어 다녔다.

　한국전쟁이 끝나고 얼마 후 김 시인과 나는 세속의 소음을
벗어나 성북동에 새 둥지를 틀었다. 우리가 세 든 집은 백남
준 작가의 부친이자 우리나라 최초의 재벌로 불리던 백남승 씨
의 한옥 사랑(舍廊) 별장이었다. 울창한 정원이 있고 바위와 폭
포와 금잔화, 새벽녘이면 들리는 딱따구리와 울음소리, 약수로
밥을 지어 먹을 수 있는 곳! 피난살이에 시달린 우리로서는 그
야말로 선경(仙境)에라도 든 듯 쾌청한 날들이 이어졌다. 김 시
인은 폭포를 좋아해서 짬이 날 때마다 산책을 나가곤 했다. 건
기는 말라 있다가도 비가 내리면 큰 물줄기를 곧게 떨어뜨리던

폭포였다. 예민한 귀를 가진 김 시인도 폭포 소리만큼은 좋아
했다. 어디 폭포뿐이었으랴. 막내 아이의 웃음소리와 나지막하
게 말을 건네는 내 목소리도 사랑해주었다.

그런데 그곳에는 귀가 좀 어두운 별장지기가 살고 있었다.
그의 유일한 오락은 라디오 청취였다. 하루 종일 크게 켜놓은
라디오 소리 때문에 그 좋은 선경을 두고 우리는 그곳을 떠나
야 했다. 아름다운 경치에 취해 사는 것보다 김 시인에게 더욱
중요한 것은 글을 쓸 수 있는 환경이었다.

미스터 리에게

그는 재판관처럼 판단을 내리는 게 아니라
구제의 길이 없는 사물의 주위에 떨어지는
태양처럼 판단을 내린다
— 월트 휘트먼

나는 어느 날 뒷골목의 발코니 위에 나타난
생활에 얼이 빠진 여인의 모습을 다방의 창 너머로 별견(瞥
見)하였기 때문에
다음과 같은 쪽지를 미스터 리한테 적어놓고
시골로 떠났다

"태양이 하나이듯이
생활은 어디에 가보나 하나이다
미스터 리!

절벽에 올라가 돌을 차듯이
생활을 아는 자는
태양 아래에서

생활을 차 던진다
미스터 리!

문명에 대항하는 비결은
당신 자신이 문명이 되는 것이다
미스터 리!"

(1959)

•••

　　　　이 시의 주인공은 '명동 백작'으로 알려진
이봉구다. 김 시인은 이봉구로 상징되는 명동의 예술가연한 포
즈를 경멸해서 한동안 명동을 멀리했다. 이봉구와는 평화신문
사에서 동료로 같이 근무를 한 적도 있는데, 상사였던 이봉구
에게 사표를 쓴 날의 심회를 밝힌 시로 보인다.

육법전서(六法全書)와 혁명

기성(旣成) 육법전서(六法全書)를 기준으로 하고
혁명을 바라는 자는 바보다
혁명이란
방법부터가 혁명적이어야 할 터인데
이게 도대체 무슨 개수작이냐
불쌍한 백성들아
불쌍한 것은 그대들뿐이다
천국이 온다고 바라고 있는 그대들뿐이다
최소한도로
자유당이 감행한 정도의 불법(不法)을
혁명정부가 구육법전서(舊六法全書)를 떠나서
합법적으로 불법을 해도 될까 말까 한
혁명을ー
불쌍한 것은 이래저래 그대들뿐이다
그놈들이 배불리 먹고 있을 때도
고생한 것은 그대들이고
그놈들이 망하고 난 후에도 진짜 곯고 있는 것은
그대들인데

불쌍한 그대들은 천국이 온다고 바라고 있다

그놈들은 털끝만치도 다치지 않고 있다
보라 항간에 금값이 오르고 있는 것을
그놈들은 털끝만치도 다치지 않으려고
버둥거리고 있다
보라 금값이 갑자기 팔천구백 환이다
달걀 값은 여전히 영하 이십팔 환인데

이래도
그대들은 유구한 공서양속(公序良俗) 정신(精神)으로
위정자가 다 잘해줄 줄 알고만 있다
순진한 학생들
점잖은 학자님들
체면을 세우는 문인들
너무나 투쟁적인 신문들의 보좌를 받고

아아 새까맣게 손때 묻은 육법전서가
표준이 되는 한
나의 손등에 장을 지져라
4·26 혁명은 혁명이 될 수 없다
차라리

혁명이란 말을 걷어치워라

허기야

혁명이란 단자는 학생들의 선언문하고

신문하고

열에 뜬 시인들이 속이 허해서

쓰는 말밖에는 아니 되지만

그보다도 창자가 더 메마른 저들은

더 이상 속이지 말아라

혁명의 육법전서는 '혁명'밖에는 없으니까

(1960.5.25)

• • •

　　4·19 직후 『동아일보』에서 부정 선거에 대한 칼럼 청탁이 왔다. 원고가 실린 신문을 구해 왔더니 칼럼이 실려야 할 난에 김수영 이름 세 글자만 있고 휑하니 비어 있는 것이 아닌가. 검은 활자로 득시글거리는 신문 중심의 공란은 마치 무인도와 같았다. 잠시 우두망찰해 있다가 김 시인에게 보여주며 불쾌하지 않느냐고 물었더니 오히려 신이 나 했다.

　"멋있잖아, 이런 게 저항이지."

　김 시인의 말이었다.

김일성 만세

"김일성 만세"
한국의 언론 자유의 출발은 이것을
인정하는 데 있는데

이것만 인정하면 되는데

이것을 인정하지 않는 것이 한국
언론의 자유라고 조지훈이란
시인이 우겨대니

나는 잠이 올 수밖에

"김일성 만세"
한국의 언론 자유의 출발은 이것을
인정하는 데 있는데

이것만 인정하면 되는데

이것을 인정하지 않는 것이 한국

정치의 자유라고 장면이란

관리가 우겨대니

나는 잠이 깰 수밖에

(1960.10.6)

• • •

　　　　　　김 시인은 시를 쓸 때 잡지 같은 것을 부
쳐온 빈 봉투 뒷면에 언제나 깨알처럼 까맣게 시를 써 내려갔
다. 완성된 후의 작품을 보면 길게 써 내려간 줄은 거의 그어버
리고 몇 줄만 남겨 시가 완성되는 경우도 많았다. 그러고는 어
김없이 내게 의견을 물어왔다. 「김일성 만세」를 썼을 때에도 마
찬가지였다. 김 시인은 어떠냐고 물었다. 어쩌면 김 시인은 나
를 자신의 첫 독자이자 첫 비평가로 생각했을지도 모른다. 이
시를 보자마자 걱정스러운 마음이 앞섰다. 헌법에 보장된 언론
의 자유와 사상의 자유가 보장되지 않는 것에 대한 고발의 마
음이라고 말을 늘어놓았지만 걱정이 먼저 앞서는 내게 그의 말
이 잘 들릴 리가 만무했다. 김 시인은 이후 「잠꼬대」라고 제목
만 바꾸어 『현대문학』에 보냈지만 게재되지 않고 반려되고 말

았다. 결국 「김일성 만세」가 세상의 빛을 본 것은 김 시인의 40주기를 맞은 2008년 『창작과비평』을 통해서다. 늘 김 시인은 자유를 위해 정부가 나서서 사회주의를 촉진시켜야 한다고 했다. 하지만 그것의 본질적인 뜻은 '사회주의 사상의 촉진'이라기보다는 '사상적 자유의 촉진'에 가까운 것이었다. 무엇보다 자유를 위해 우리에게 필요한 것은 어떤 말의 '규정'에 있는 것이 아니라 그 말을 하는 우리들 '자신'에게 이미 있다고 했다. 김 시인이 떠난 지 45년이 흐른 지금, 이런 그의 외침이 여전히 우리를 깨우는 현실이 반갑기도 하고, 한편 슬프기도 하다.

만용에게

수입(收入)에 대해서 생각하는 것은 너나 나나 매일반이다
모이 한 가마니에 사백삼십 원이니
한 달에 십이, 삼만 원이 소리 없이 들어가고
알은 하루 육십 개밖에 안 나오니
묵은 닭까지 합한 닭모이 값이
일주일에 육 일을 먹고
사람은 하루를 먹는 편이다

모르는 사람은 봄에 알을 많이 받을 것이니
마찬가지라고 하지만
봄에는 알 값이 떨어진다
여편네의 계산에 의하면 칠 할을 낳아도
만용이(닭 시중하는 놈)의 학비를 빼면
아무것도 안 남는다고 한다

나는 점등을 하고 새벽 모이를 주자고 주장하지만
여편네는 지금 주는 것으로 충분하다는 것이다
아니 사백삼십 원짜리 한 가마니면 이틀은 먹을 터인데

어떻게 된 셈이냐고 오늘 아침에도 뇌까렸다

이렇게 주기적인 수입 소동이 날 때만은
네가 부리는 독살에도 나는 지지 않는다

무능한 내가 지지 않는 것은 이때만이다
너의 독기가 예에 없이 걸레쪽같이 보이고
너와 내가 반반—
"어디 마음대로 화를 부려보려무나!"

(1962.10.25)

∙∙∙

　　　　양계를 시작하고 얼마 후 김 시인과 나는
만용이라는 이름의 사내아이를 집에 들였다. 담양에서 올라온
말수가 적은 아이였다. 우리는 만용에게 낮이면 양계 일을 거
들게 하고 밤이면 야간 중학교를 보냈다. 병아리는 번번이 우
리의 기대를 배신했지만 만용이만큼은 누구보다 잘 자라주었
다. 야간 고등학교를 졸업시키고 당시 야간 과정이 있었던 국
민대학교에 입학을 시켰다. 졸업식이 있던 날에는 김 시인과
나 그리고 시어머니까지 찾아가 어엿한 청년이 된 만용을 축하

해주기도 했다. 만용은 대학에 들어간 후에도 양계 일을 도왔다. 만용은 양계장에 든 도둑을 잡기도 했고, 또 어느 날에는 닭모이를 사러 장에 나섰다가 모이 두 가마니를 실은 자전거까지 잃어버리고 닭똥 같은 눈물을 흘리며 돌아오기도 했다.

어느 날 김 시인과 나는 양계장의 계란이 조금씩 없어지는 것을 눈치챘다. 설마 만용이 그랬을까? 며칠을 지켜보니 만용이 그런 것은 아니었다. 집에서 살림을 돕는 다른 식모 아이가 몰래 알을 훔치고 있었다. 화가 나서 방 안 곳곳을 홰를 치듯 돌아다니던 내게 김 시인은 점잖은 목소리로 남의 집 일하는 사람이 그런 재미도 없으면 어떻게 일을 하냐며 그냥 모른 척하라고 했다. 김 시인의 그 태연함에 나는 화가 더 치밀어 올랐지만 한편으로는 김 시인의 말이 그럴듯하게도 느껴졌다. 만용을 잘 기른 것은 양계 일의 유일한 보람이었다. 10년을 꼬박 채워 양계를 했지만 이렇다 할 재미를 본 적이 한 번도 없었기 때문이다. 양계를 그만두면서 나는 김 시인과 닭을 10년 키울 바에는 사람을 10년 키우는 게 낫다는 말을 흐뭇하게 나누었다.

우리들의 웃음

나는 아이들을 가르치면서
우리나라가 종교국이라는 것에 대한 자신을 갖는다
절망은 나의 목뼈는 못 자른다 겨우 손마디뼈를
새벽이면 하프처럼 분질러놓고 간다
나의 아들이 머리가 나빠서가 아니다
머리가 나쁜 것은 선생, 어머니, I.Q다
그저께 나는 파스칼이 "머리가 나쁜 것은 나"라고 하는 말을
들었다

나는 아이들을 가르치면서
우리나라가 종교국이라는 것에 대한 자신을 갖는다
마당에 서리가 내린 것은 나에게 상상을 그치라는 신호다
그 대신 새벽의 꿈은 구체적이고 선명하다
꿈은 상상이 아니지만 꿈을 그리는 것은 상상이다
술이 상상이 아니지만 술에 취하는 것이 상상인 것처럼
오늘부터는 상상이 나를 상상한다

이제는 선생이 무섭지 않다

모두가 거꾸로다

선생과 나는 아이를 가르치는 것이 아니라 아이들을

가르치고 있기 때문이다

종교와 비종교(非宗敎), 시와 비시(非詩)의 차이가 아이들과

아이의 차이이다

그러니까 종교도 종교 이전에 있다 우리나라가

종교국인 것처럼

새의 울음소리가 그 이전의 정적이 없이는 들리지 않는 것처

럼……

모두가 거꾸로다

—태연할 수밖에 없다 웃지 않을 수밖에 없다

조용히 우리들의 웃음을 웃지 않을 수 없다

(1963.10.11)

● ● ●

외출을 할 때 김 시인은 수첩 같은 것을 지

니고 나가는 법이 없었다. 대신 필요할 때마다 담뱃갑에 메모

를 해두었다. 빨래를 하려고 김 시인의 옷을 살펴보면 호주머

니 속에 이런 메모가 수두룩하게 나올 때도 있었다. 어느 여관

의 변소에서는 밑씻개가 없어 이 담뱃갑 메모들을 모조리 펴서

쓰기도 했다고 한다. 메모에는 잡지사에서 원고료를 주기로 한 액수와 날짜, 내가 일러준 약의 이름, 출판사의 전화번호 등이 적혀 있었다. 또 언제나 메모 종이의 한 귀퉁이에는 준과 우에게 사다 주어야 할 물건들의 목록이 빼곡히 적혀 있었다.

유독 예뻐한 둘째 우의 노트에 김 시인은 "정신(精神)을 한 번 기울여서 집중(集中)하고 연마(練磨)할 때, 이 세상에서 안 되는 일이라고는 하나도 없다"라든가 "위대(偉大)한 인간(人間)이 되려면 줄기찬 노력(努力)으로 학업(學業)에 정진(精進)하여야 하고, 스스로 빛나는 인격(人格)을 쌓아 올려야 한다" 같은 잠언적 구절을 적어 넣으며 가르쳤다. 반면 첫째 준에게는 학업보다는 생활 태도를 가르치는 데 신경을 썼다. 준이 미닫이 방문을 끝까지 닫지 않을 때나 종종 거짓말을 해올 때 김 시인은 그게 다 아내인 나의 흐릿한 성격을 빼닮아서라며 우리를 한데 엮어 훈계를 했다. 그러면서 발가락은 나와 닮지 않았는데 어떻게 성격은 그리 똑같냐며 핀잔을 주곤 했다.

김 시인은 내 발을 볼 때마다 자신이 속았다고 한다. 네 번째 발가락보다 세 번째 발가락이 길다고 흉을 보는 것이었다. 이런 나의 발가락을 꼭 빼닮은 둘째 우의 발에 김 시인은 자주 입을 맞추었다. 그럴 때면 김 시인은 우의 발이 내 발을 닮아 흉하지만 그래도 우의 발가락을 예뻐하다 보면 덩달아 나의 발가락까지 사랑할 수도 있을 것 같다고 말했다. 이렇듯 김 시인에게 아이들은 늘 외경의 세계였다.

죄와 벌

남에게 희생을 당할 만한
충분한 각오를 가진 사람만이
살인을 한다

그러나 우산대로
여편네를 때려눕혔을 때
우리들의 옆에서는
어린놈이 울었고
비 오는 거리에는
사십 명가량의 취객들이
모여들었고
집에 돌아와서
제일 마음에 꺼리는 것이
아는 사람이
이 캄캄한 범행의 현장을
보았는가 하는 일이었다
—아니 그보다도 먼저
아까운 것이

지우산을 현장에 버리고 온 일이었다

(1963.10)

•••

광화문 근처에서 과외 공부를 하는 큰아들 준을 기다리는 동안 당시 조선일보사 모퉁이에 있던 영화관에서 페데리코 펠리니(Federico Fellini) 감독의 〈길(La strada)〉을 보았다. 김 시인과 나는 좋은 영화가 개봉되면 항상 같이 극장을 찾았다. 그날은 다섯 살 된 둘째 아들 우도 함께 갔다. 영화를 잘 보고 나오는데 김 시인은 아무 말도 하지 않았다. 그러고는 갑자기 나를 사정없이 때렸다. 대로변에서, 그것도 어린 아들 앞에서 부인을 때리는 시인의 마음은 무엇이었을까? 그리고 시에다 우산을 두고 온 일이 아깝다고 말하는 시인의 감정에는 무엇이 섞여 있었을까?

그 일이 있고 한참 후에야 그날, 김 시인의 심리를 조금이나마 헤아려볼 수 있었다. 일단 장남의 과외 교사가 신통치 않아 김 시인의 마음이 불편했던 것. 아니 그보다는 배우 줄리에타 마시나와 앤서니 퀸이 남루한 모습을 한 채 방랑하는 야바위꾼으로 나왔던 그 영화. 상영 내내 펼쳐지던 황량하리만큼 넓은 영화의 공간. 영화 속 주인공들의 기형적인 사랑과 욕망. 그리고 김 시인과 나. 이 모든 것이 어우러져 김 시인은 나를 때리고 「죄와 벌」을 썼는지 모른다. 김 시인은 그날 일에 대해 변명 한 마디 하지 않았다. 1963년 가을이었다.

신귀거래(新歸去來) 7

누이야 장하고나!

누이야

풍자가 아니면 해탈이다

너는 이 말의 뜻을 아느냐

너의 방에 걸어놓은 오빠의 사진

나에게는 '동생의 사진'을 보고도

나는 몇 번이고 그의 진혼가를 피해왔다

그전에 돌아간 아버지의 진혼가가 우스꽝스러웠던 것을 생

각하고

그래서 나는 그 사진을 십 년 만에 곰곰이 정시하면서

이내 거북해서 너의 방을 뛰쳐나오고 말았다

십 년이란 한 사람이 준 상처를 다스리기에는 너무나 짧은

세월이다

누이야

풍자가 아니면 해탈이다

네가 그렇고

내가 그렇고

네가 아니면 내가 그렇다

우스운 것이 사람의 죽음이다

우스워하지 않고서 생각할 수 없는 것이 사람의 죽음이다

팔월의 하늘은 높다

높다는 것도 이렇게 웃음을 자아낸다

누이야

나는 분명히 그의 앞에 절을 했노라

그의 앞에 엎드렸노라

모르는 것 앞에는 엎드리는 것이

모르는 것 앞에는 무조건하고 숭배하는 것이

나의 습관이니까

동생뿐이 아니라

그의 죽음뿐이 아니라

혹은 그의 실종뿐이 아니라

그를 생각하는

그를 생각할 수 있는

너까지도 다 함께 숭배하고 마는 것이

숭배할 줄 아는 것이

나의 인내이니까

"누이야 장하고나!"

나는 쾌활한 마음으로 말할 수 있다

이 광대한 여름날의 착잡한 숲속에

홀로 서서

나는 돌풍처럼 너한테 말할 수 있다

모든 산봉우리를 걸쳐 온 돌풍처럼

당돌하고 시원하게

도회에서 달아나온 나는 말할 수 있다

"누이야 장하고나!"

(1961.8.5)

• • •

　　김 시인의 형제 중 넷째 김수경은 집안의
기대주였다. 경기고등학교 야구부 주장이었던 김수경은 당시
여학생들의 선망 대상으로 부산까지 원정 경기를 다녀오기도
하였다. 수려한 외모에 비상한 머리, 그리고 성품까지 온화해
서 그야말로 찬탄의 대상이었다. 그런 수경이 한국전쟁 때 의
용군에 자원입대를 하였다. 그 누구도 예상치 못한 일이었다.
이 시에 나오는 동생이 바로 김수경이다. 여동생의 방에 붙어
있는 아우의 사진을 보며 심란했을 김 시인이 선연하게 떠오른
다. 그런데 나는 이 시에 나오지 않는 또 다른 동생에 대해 말

하고 싶다. 그가 바로 셋째 김수강이다. 김수강은 우익 단체였던 대한청년단의 단장을 하다가 인민군에 잡혀서 납북이 된 것으로 알고 있다. 한 집안에서 이렇게 극과 극이 마주하고 있었으니, 김 시인의 찢어진 자의식의 통점이 얼마나 가혹하게 욱신거렸는지를 짐작하고도 남을 일이다. 1969년 강릉에 살던 여동생(김수연)의 남편이 칼(KAL)기에 실려 납북되었다. 김 시인이 살아 있었다면 몹시 괴로워했을 것이다.

거대한 뿌리

나는 아직도 앉는 법을 모른다
어쩌다 셋이서 술을 마신다 둘은 한 발을 무릎 위에 얹고
도사리지 않는다 나는 어느새 남쪽식으로
도사리고 앉았다 그럴 때는 이 둘은 반드시
이북 친구들이기 때문에 나는 나의 앉음새를 고친다
8·15 후에 김병욱이란 시인은 두 발을 뒤로 꼬고
언제나 일본 여자처럼 앉아서 변론을 일삼았지만
그는 일본 대학에 다니면서 사 년 동안을 제철회사에서
노동을 한 강자다

나는 이사벨 버드 비숍 여사와 연애하고 있다 그녀는
1893년에 조선을 처음 방문한 영국 왕립지학협회 회원이다
그녀는 인경전의 종소리가 울리면 장안의
남자들이 모조리 사라지고 갑자기 부녀자의 세계로
화하는 극적인 서울을 보았다 이 아름다운 시간에는
남자로서 거리를 무단통행할 수 있는 것은 교군꾼,
내시, 외국인의 종놈, 관리들뿐이었다 그리고
심야에는 여자는 사라지고 남자가 다시 오입을 하러
활보하고 나선다고 이런 기이한 관습을 가진 나라를

세계 다른 곳에서는 본 일이 없다고
천하를 호령한 민비는 한 번도 장안 외출을 하지 못했다
고……

전통은 아무리 더러운 전통이라도 좋다 나는 광화문
네거리에서 시구문의 진창을 연상하고 인환(寅煥)네
처갓집 옆의 지금은 매립한 개울에서 아낙네들이
양잿물 솥에 불을 지피며 빨래하던 시절을 생각하고
이 우울한 시대를 파라다이스처럼 생각한다
버드 비숍 여사를 안 뒤부터는 썩어빠진 대한민국이
괴롭지 않다 오히려 황송하다 역사는 아무리
더러운 역사라도 좋다
진창은 아무리 더러운 진창이라도 좋다
나에게 놋주발보다도 더 쨍쨍 울리는 추억이
있는 한 인간은 영원하고 사랑도 그렇다

비숍 여사와 연애를 하고 있는 동안에는 진보주의자와
사회주의자는 네에미 씹이다 통일도 중립도 개좆이다
은밀도 심오도 학구도 체면도 인습도 치안국
으로 가라 동양척식회사, 일본영사관, 대한민국 관리,
아이스크림은 미국놈 좆대강이나 빨아라 그러나
요강, 망건, 장죽, 종묘상, 장전, 구리개 약방, 신전,
피혁점, 곰보, 애꾸, 애 못 낳는 여자, 무식쟁이,

이 모든 무수한 반동이 좋다
이 땅에 발을 붙이기 위해서는
─제3인도교의 물 속에 박은 철근 기둥도 내가 내 땅에
박는 거대한 뿌리에 비하면 좀벌레의 솜털
내가 내 땅에 박는 거대한 뿌리에 비하면

괴기영화의 맘모스를 연상시키는
까치도 까마귀도 응접을 못 하는 시꺼먼 가지를 가진
나도 감히 상상을 못 하는 거대한 거대한 뿌리에 비하면……

(1964.2.3)

• • •

　　　　1964년 이후엔 생활에 윤기가 돌면서 김 시인과 나는 일요일마다 데이트를 했다. 주로 청계천 6가와 7가 쪽을 산책했는데 우리는 골동품 시장을 둘러보길 좋아하였다. 김 시인은 조선 말기의 모란 항아리 혹은 붓통 따위에 관심을 보였다. 새점을 치는 새처럼 내가 콕, "이거 어때요?" 하고 물으면 그는 항상 고개를 끄덕했다. 그때 그와 함께 고른 골동품을 지금도 간직하고 있다.

어느 날 고궁을 나오면서

왜 나는 조그마한 일에만 분개하는가
저 왕궁 대신에 왕궁의 음탕 대신에
오십 원짜리 갈비가 기름 덩어리만 나왔다고 분개하고
옹졸하게 분개하고 설렁탕집 돼지 같은 주인년한테 욕을 하고
옹졸하게 욕을 하고

한번 정정당당하게
붙잡혀간 소설가를 위해서
언론의 자유를 요구하고 월남 파병에 반대하는
자유를 이행하지 못하고
이십 원을 받으러 세 번씩 네 번씩
찾아오는 야경꾼들만 증오하고 있는가

옹졸한 나의 전통은 유구하고 이제 내 앞에 정서(情緒)로
가로놓여 있다
이를테면 이런 일이 있었다
부산에 포로수용소의 제14야전병원에 있을 때
정보원이 너스들과 스펀지를 만들고 거즈를

개키고 있는 나를 보고 포로경찰이 되지 않는다고
남자가 뭐 이런 일을 하고 있느냐고 놀린 일이 있었다
너스들 옆에서

지금도 내가 반항하고 있는 것은 이 스펀지 만들기와
거즈 접고 있는 일과 조금도 다름없다
개의 울음소리를 듣고 그 비명에 지고
머리에 피도 안 마른 애놈의 투정에 진다
떨어지는 은행나무잎도 내가 밟고 가는 가시밭

아무래도 나는 비켜서 있다 절정 위에는 서 있지
않고 암만해도 조금쯤 옆으로 비켜서 있다
그리고 조금쯤 옆에 서 있는 것이 조금쯤
비겁한 것이라고 알고 있다!

그러니까 이렇게 옹졸하게 반항한다
이발쟁이에게
땅주인에게는 못하고 이발쟁이에게
구청 직원에게는 못하고 동회 직원에게도 못하고
야경꾼에게 이십 원 때문에 십 원 때문에 일 원 때문에
우습지 않으냐 일 원 때문에

모래야 나는 얼마큼 적으냐

바람아 먼지야 풀아 나는 얼마큼 적으냐

정말 얼마큼 적으냐……

(1965.11.4)

● ● ●

문예지가 오면 나는 주로 소설을 읽었다. 기억할 만한 작품이 있으면 김 시인에게 넌지시 추천을 했다. 그중에서 동베를린 사건을 다룬 박순녀의 「어떤 빠리」나 전병순의 「국가」 같은 작품을 김 시인도 좋아했다. 특히 남정현의 「분지」는 김 시인이 내 안목을 높이 사준 작품이었다. 그런데 그 작가가 구속되는 어처구니없는 일이 일어난 것이다. 그날 김 시인은 엉망으로 취해서 무던히도 나를 괴롭혔다. 그가 짜증을 낼 수 있는 대상은 오직 아내인 나밖에 없었다. 김 시인은 밤새도록 우리의 억압적 현실을 탄식하며 상처 난 짐승처럼 괴로워했다. 그때 나는 그런 김 시인을 충분히 안아주지 못했다. 왜 한 가정의 평안이, 시대의 우울에 영향을 받는 한 남자로 인해 파탄 나야 하는지 이해할 수가 없었다. 나는 김 시인의 분노를 묵묵히 받아내면서 조금씩 지쳐갔다.

도적

도적이 우리 집을 노리고 있다
닭장이 무너진 공터에 두른 판장을 뚫고
매일 밤 저희 집처럼 출입하고 있다
개가 여러 번 짖는 소리를 들었지만
나는 귀찮아서 나가지를 않았다
쥐보다 좀 큰 도적일 거라 아마
그 정도일 거라

돈에 치를 떠는 여편네도 도적이 들어왔다는
말에는 놀라지 않는다
그놈은 우리 집 광에 있는 철사를 노리고 있다
시가 칠백 원가량의 새 철사 뭉치는 우리 집의
양심의 가책이다
우리가 도적질을 한 것은 아니지만 우리가
훔친 거나 다름없다 아니 그보다도 더 나쁘다
앞에 이층집이 신축을 하고 담을 두르고
가시철망을 칠 때 우리도 그 철망을 치던
일꾼을 본 일이 있다

그 일꾼이 우리 집 마당에다 그놈을 팽개

쳤다 그것을 그놈이 일이 끝나고 나서

가져갈 작정이었다 막걸리 값으로 하려고

했는지 아침쌀을 팔려고 했는지 아마

그 정도일 거라 그것을 그놈이 가져

가기 전에 우리가 발견했다

이 횡재물이 지금 우리 집 뜰 아래 광에

들어 있다

나는 도적이 이 철사의 반환을 꾀하고 있다고

생각한다 우리 집 건넌방의 캐비닛을

노리고 있다고는 생각되지 않는다 아마

그럴지도 모르지만

나는 광문에 못을 쳐놓았다

그 이튿날 여편네와 식모가 하는 말을 들어보니

철사 뭉치는 벌써 지하실에 도피시켜놓은 모양이었다

도적은 간밤에는 사그러진 담장 쪽이 아닌

우리 집의 의젓한 벽돌 기둥의 정문 앞을

새벽녘에 거닐었다고 한다

시험 공부를 하느라고 밤을 새는 큰아이놈의

말이다 필시 그럴 거라

그래도 여편네는 담을 고치지 않는다

내가 고치라고 조르니까 더 안 고치는지도 모른다

고칠 사람을 구하기가 어려운 것도 있고

돈이 아까울지도 모른다

고칠 사람을 구하기가 어렵다고 하지만

돈이 아까울 거라 그럴 거라

내 추측이 맞을 거라

아니 내가 고치라고 하니까 안 고칠 거라

이 추측이 맞을 거라 이 추측이 맞을 거라

이 추측이 맞을 거라

(1966.10.8)

• • •

양계장에 도둑이 들었다. 추운 밤이었다. 계란 몇 알을 잃는 일이야 큰 문제가 되지 않겠지만 낯선 사람이 계사에 들어가면 닭들이 한쪽으로 몰려 압사할지도 모른다는 생각에 걱정이 이만저만 아니었다. 그런데 다행히도 양계장 일을 돕는 만용이가 도둑을 붙잡아 그를 추궁하고 있던 터였다. 김 시인은 도둑을 보자마자 버럭 소리를 질렀다. 도둑인지 취객인지 분간이 가지 않는 겉모습이 늙수그레한 사내였다. 김 시인과 내가 다그치는 소리에도 그는 대꾸하지 않았다. 신고를 하겠다며 흥분한 나와 달리 김 시인은 한참을 가만있더니 목소리를 낮춰 도둑을 존대하듯이 어조를 바꿔 말을 했다. 그제야 도둑은 잘못했다며, 죽여달라며 용서를 빌었다. 취객을 가장한 도둑 같았다. 김 시인이 도둑에게 이제 여기서 그만 나가라고 하자 도둑은 "근데 어디로 나가야 하지요?" 하고 되물었다. 김 시인은 도둑이 되물은 마지막 말을 두고두고 떠올리며 우스워했다. 무언가 메타포가 있는 말이라는 것이었다.

그전에도 한 번 집에 도둑이 든 적이 있었다. 우리는 빗장 대신 가느다란 철사를 말아서 대문에 걸어놓은 허술한 집에 살고 있었다. 유독 바람이 많이 불던 날, 도둑은 이 철사를 펴고 집으로 들어왔다. 인기척을 느낀 내가 김 시인을 흔들어 깨웠다. 마루 끝에 놓인 신발이 모두 흩어져 있었다. 툇마루 끝에 두었던 양은 주전자와 김 시인의 낡은 구두가 보이지 않았다. 놀란 가슴을 진정시키고 보니 김 시인의 구두는 마당 한가운데에 팽개쳐져 있었다. "당신 구두는 낡고 거지 것 같아서 도둑도 안 가져가나 봐." 내가 소리를 내어 웃었다.

하루는 '금연(禁煙), 금주(禁酒), 금다(禁茶)'라는 글귀를 벽에 붙여놓고는 이 '합법적인 도적들'에게 자진해서 납공을 하지 않겠다고 선언하기도 했다. 물론 김 시인이 생각하는 합법적인 도적은 이 세상 지천으로 널려 있었다.

꽃잎 (二)

꽃을 주세요 우리의 고뇌를 위해서
꽃을 주세요 뜻밖의 일을 위해서
꽃을 주세요 아까와는 다른 시간을 위해서

노란 꽃을 주세요 금이 간 꽃을
노란 꽃을 주세요 하얘져가는 꽃을
노란 꽃을 주세요 넓어져가는 소란을

노란 꽃을 받으세요 원수를 지우기 위해서
노란 꽃을 받으세요 우리가 아닌 것을 위해서
노란 꽃을 받으세요 거룩한 우연을 위해서

꽃을 찾기 전의 것을 잊어버리세요
　　꽃의 글자가 비뚤어지지 않게
꽃을 찾기 전의 것을 잊어버리세요
　　꽃의 소음이 바로 들어오게
꽃을 찾기 전의 것을 잊어버리세요
　　꽃의 글자가 다시 비뚤어지게

내 말을 믿으세요 노란 꽃을

못 보는 글자를 믿으세요 노란 꽃을

떨리는 글자를 믿으세요 노란 꽃을

영원히 떨리면서 빼먹은 모든 꽃잎을 믿으세요

보기 싫은 노란 꽃을

(1967.5.7)

...

순자는 「미농인찰지(美濃印札紙)」에도 나오
는 아이다. 밀양에서 올라와 김 시인이 떠난 이듬해까지 집안
일을 거들었는데 어린 나이 같지 않게 살림꾼이었다. 계모의
구박을 피해서 가출을 한 순자에게 김 시인은 각별한 연민을
느꼈던 것 같다. 아무것도 갖지 못한 순자의 눈을 바라보면 자
신이 자꾸만 부끄러워진다는 말을 한 것도 같다. 나는 그런 김
시인의 마음을 헤아려 순자 앞으로 적금을 하나 들어주었다.
집을 떠날 때 혼수 비용이라도 마련해주고 싶었던 것이다. 그
런데 2년쯤 지난 뒤 순자의 아버지가 찾아왔다. 순자는 떠나지
않으려고 발버둥을 쳤으나 내가 어찌할 수 없는 노릇이었다.
이 땅 어디엔가 살아 있다면 순자도 벌써 환갑이 지났겠다. 뭔
가 약간 겁에 질린 듯한, 그 맑고 깨끗한 눈을 생각하면 김 시인
의 모습도 함께 내 눈앞에 아른거린다.

성(性)

그것하고 하고 와서 첫번째로 여편네와
하던 날은 바로 그 이튿날 밤은
아니 바로 그 첫날 밤은 반 시간도 넘어 했는데도
여편네가 만족하지 않는다
그년하고 하듯이 혓바닥이 떨어져 나가게
물어제끼지는 않았지만 그래도
어지간히 다부지게 해줬는데도
여편네가 만족하지 않는다

이게 아무래도 내가 저의 섹스를 개관하고
있는 것을 아는 모양이다
똑똑히는 몰라도 어렴풋이 느껴지는
모양이다

나는 섬찍해서 그전의 둔감한 내 자신으로
다시 돌아간다
연민의 순간이다 황홀의 순간이 아니라
속아 사는 연민의 순간이다

나는 이것이 쏟고 난 뒤에도 보통 때보다

완연히 한참 더 오래 끌다가 쏟았다

한 번 더 고비를 넘을 수도 있었는데 그만큼

지독하게 속이면 내가 곧 속고 만다

(1968.1.19)

• • •

　　　　　　무슨 연유인지 김 시인은 생전 이 작품을 나에게 보여준 일이 없었다. 「죄와 벌」에서처럼 나는 김 시인의 죽음 이후 그의 책상 정리를 하다 이 작품을 찾아내었다. 평소 김 시인은 성(性)을 두고, 인간의 원죄를 넘어 한 사람의 육체를 맑은 눈으로 보고 느끼는 일이라 말했다. 성에 관해서라면 그는 누구보다 깍듯했으며 순수했다.

당시만 해도 가끔씩 큰 출판사에서 주요 문인들을 불러다가 술을 대접하고 여자까지 붙여주는 문화가 있었다. 김 시인도 몇 번 그러한 자리에 나갔다. 하루는 이른 아침에 돌아온 김 시인이 눈을 반짝여가며 나에게 지난밤의 이야기를 신나게 늘어놓았다. 나무젓가락처럼 키가 크고 살결이 하얀 여자와 동침을 하게 되었는데 어찌나 재미가 없었던지 혼이 났다는 것이다. 부인에게 그런 이야기를 천연덕스럽게 하는 남편이나, 또 그런

남편의 말에 장단을 맞춰가면서 재미나게 이야기를 듣는 부인
도 일반적인 상식으로는 이해하기 힘들 것이다.

어느 겨울인가 아침 일찍 돌아온 김 시인에게 씻을 물을 가
져다주려는데 새로 산 고급 내복이 없는 것이었다. 내가 어디
에 두고 왔냐며 다그치자 그는 불같이 화를 냈다. 동대문 어느
여인숙에서 여자와 잠을 자고 왔는데 방이 하도 더러워서 나올
때 벽에 걸어둔 걸 까맣게 잊고 나왔다는 것이다. 그러고는 어
떻게 그렇게 더러운 방에서 사람이 잘 수 있냐며 나에게 되묻
기까지 했다. 나는 새로 내복을 사주겠노라며 아이를 어르듯
김 시인을 달랬다.

나는 그런 마음으로 아내로서는 민망하기 짝이 없는 이 시를
공개하기로 했다. 세상 사람들에게 웃음거리가 되면 어떠랴.
살아서와 마찬가지로 그의 시가 더 빛날 수 있다면 나는 어떤
수모와 치욕도 달게 받을 수 있다.

의자가 많아서 걸린다

의자가 많아서 걸린다 테이블도 많으면
걸린다 테이블 밑에 가로질러놓은
엮음대가 걸리고 테이블 위에 놓은
미제 자기 스탠드가 울린다

마루에 가도 마찬가지다 피아노 옆에 놓은
찬장이 울린다 유리문이 울리고 그 속에
넣어둔 노리다케 반상세트와 글라스가
울린다 이따금씩 강 건너의 대포 소리가

날 때도 울리지만 싱겁게 걸어갈 때
울리고 돌아서 걸어갈 때 울리고
의자와 의자 사이로 비집고 갈 때
울리고 코 풀 수건을 찾으러 갈 때

삼팔선을 돌아오듯 테이블을 돌아갈 때
걸리고 울리고 일어나도 걸리고
앉아도 걸리고 항상 일어서야 하고 항상

앉아야 한다 피로하지 않으면

울린다 시를 쓰다 말고 코를 풀다 말고
테이블 밑에 신경이 가고 탱크가 지나가는
연도(沿道)의 음악을 들어야 한다 피로하지
않으면 울린다 가만히 있어도 울린다

미제 도자기 스탠드가 울린다
방정맞게 울리고 돌아오라 울리고
돌아가라 울리고 닿는다고 울리고
안 닿는다고 울리고

먼지를 꺼내는데도 책을 꺼내는 게 아니라
먼지를 꺼내는데도 유리문을 열고
육중한 유리문이 열릴 때마다 울리고
울려지고 돌고 돌려지고

닿고 닿아지고 걸리고 걸려지고
모서리뿐인 형식뿐인 격식뿐인
관청을 우리집은 닮아가고 있다
철조망을 우리집은 닮아가고 있다

바닥이 없는 집이 되고 있다 소리만
남은 집이 되고 있다 모서리만 남은
돌음길만 남은 난삽한 집으로
기꺼이 기꺼이 변해가고 있다

(1968.4.23)

• • •

　　1960년 중반을 넘어서면서 내가 운영하던
'엔젤' 양장점이 소위 고위층들의 입소문을 타게 되었다. 자연
스레 우리 생활에도 여유가 생기기 시작했다. 당시 장관 집에
서나 구경할 수 있다는 일제 노리다케 그릇 세트같이 돈만으로
는 살 수 없는 물건들도 집에 들여놓았다. 하루는 김 시인의 방
에 번역과 창작을 함께 할 수 있을 만한 넓은 원목 책상을 들여
놓았다. 김 시인은 그 책상 의자에 앉아 있기를 좋아했다. 간혹
김 시인의 글 속에서 나는 계를 붓는 고리대금업자이자 집을
세놓는 지주 같은 자본주의 사회의 대타자로 인식되곤 하는데,
그것은 그가 삶의 여유를 반기면서도 끊임없이 경계하려 했던
의식의 산물이었다고 짐작된다. 어떤 의미에서 나는 김 시인이
세상을 보는 창이었다.
　창작의 고뇌가 치열할수록 속물의 굴레에 숨 막혀 하던 그

였다. 가끔씩 그는 만취가 되어 야밤에 집에 돌아와서는 거지가 되고 싶다고 외쳤다. 제발 자기를 나의 속된 사슬에서 벗어나게 해달라고 애원을 하다가 울부짖기까지 했다. 자유롭게 시만 쓰고 시만 생각하고 미소 짓고 죽게 해달라고 조르는 것이다. 자신이 누릴 수 있는 유일한 자유는 거지가 될 수 있는 것이라며. 그러고는 외친다. "이 땅에서는 거지는 마음대로 될 수가 없어. 자유, 자유, 자유 없이는 예술도 없어! 사랑도 없어! 평화도 없어!" 그러면 옆에서 자던 작은놈이 부스스 일어나서는 "아버지, 나는 거지가 싫다"고 우는 것이다.

풀

풀이 눕는다
비를 몰아오는 동풍에 나부껴
풀은 눕고
드디어 울었다
날이 흐려서 더 울다가
다시 누웠다

풀이 눕는다
바람보다도 더 빨리 눕는다
바람보다도 더 빨리 울고
바람보다 먼저 일어난다

날이 흐리고 풀이 눕는다
발목까지
발밑까지 눕는다
바람보다 늦게 누워도
바람보다 먼저 일어나고
바람보다 늦게 울어도

바람보다 먼저 웃는다

날이 흐리고 풀뿌리가 눕는다

(1968.5.29)

•••

작고하던 해 5월 29일, 김 시인의 마지막 작품이다. 바람이 몹시 불던 날이었다. 뜰 안 무성한 풀들이 바람에 이리저리 나부끼듯 흔들렸다. 그즈음 김 시인은 하이데거 전집을 한창 읽고 있었다. 한 권을 읽고 나면 몇 번씩이나 그 감명을 내 귓전에 이야기하면서 아이처럼 신나했다. 특히 『시와 언어』를 읽을 때는 자기가 그렇게 하고 있다고 자신만만하게 힘주어 말하기도 했다. 이 '진짜 시인'이 바로 당신의 남편이라면서……

이제 분명한 것은 김 시인이 자처했던 그 '진짜 시인'은 가고 없을지 모르나 '진짜 시'가 영원히 남겨졌다는 것이다. 그것만이 내 남은 생의 유일한 힘이 될 수 있다.

시「풀」 역시 수식 없이 그의 온몸에서 울려 나온 듯한 소리로 꽉 차 있다. 풀이 척박한 땅을 탓하지 않듯 김 시인의 시는 과잉도 부족도 없이 그의 몸 안으로 안으로 흐르고 있는 것 같다. 탈고를 하고는 김 시인은 매우 만족스러워했다.

늘 작품을 한 편 완성하면 개선장군 같은 표정을 지었다. 그 봄날같이 평온한 날들이 달포쯤 지나면 여지없이 다시 폭풍우가 몰아쳤다. 다시 새로운 시를 쓰느라 꼭 몸부림 같은 진통을 겪는 것이었다. 일 년에 열두 편에서 열세 편의 시들, 김 시인은 자신만의 주기를 갖고 있었다.

시에 대한 시인으로서의 자세와 김 시인의 시정신의 끝은 존재에 대한 사랑에 꽂혀 있었다. 개인으로서 시인의 행복이란 있을 수 없는 것으로 여기고 안일과 무위(無爲)를 극도로 거부한 그였다. 오직 존재의 참되고 아름다운 정신의 지표를 바랐다. 자학까지 하면서 그는 그 길을 가고 있었다. 그 길가에서 자라나던 무성한 풀잎들, 내 가슴속에는 언제나 그의 싱싱한 풀들이 바람에 흔들리고 있었다.

김수영 시인 1주기

김수영 시인 1주기에 시비 세워지다

제3장

가슴에 누운 풀잎 그리고

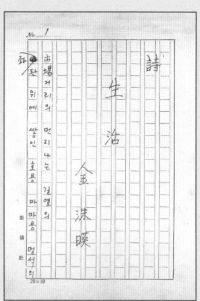

No. 1

詩

生活

金洙暎

市場거리의
먼지나는 길옆의
戱한 위에 쌓인
戱光 마음 먼서의
호흡 마마음
어쩌면 저렇게
마음은지

No. 2

호흡 마마음이 어쩌면 저렇게 마음은지
나는 웃음이 어제 나왔다
모든 것을 制压하는 生活속의
愛情처럼
소아 오른놈
幼年의 痕蹟을 잃어버리고
엄마나 맑음은 犬月이 흘러간나

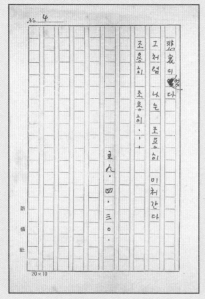

No. 3

어째와 아들을 데리고
落伍者처럼 걸어가면서
나는 자꾸 허허…웃는다

無爲와 生活의 極窮을 돌아서
나는 또하나 生活의
들어서면서
이 골목이라고 생각하고 무릎을 친다
生活은 孤絶이며

No. 4

悲哀의 극에 왔다
그처럼 나는 조용히
조용히 조용히 미쳐간다

五九·四·三〇·

「생활」

원고에 넘버를 매긴 마지막 밤

그이가 죽었다는 게 영 실감이 나지 않았다. 이 글을 쓰면서도 의아한 느낌이 든다. 내가 이런 이야기를 자꾸 하면 주위에서는 병을 앓다가 죽은 사람이 아니라서 그렇다고들 한다. 그는 좀 다병한 편이었으나 근래에 와서는 별로 아픈 일도 없었다. 건강도 좋았고, 발랄하고 침착하게 매일 번역 일에 온종일 몰입했었다. 자연히 외출은 줄어들고 술도 자주 마시지 못하였다. 술 마시고 떠드는 시간을 극히 줄이고 있었다. 단호한 자신감을 가지고 시와 에세이에 자기만의 시론을 멋지게 정리하려고 마음먹고 있었다. 이러한 상황에서 그의 비운의 급서가 영 꿈같이 여겨져, 진정 이 상황이 악몽이기를 얼마나 바라고 바랐던가!

그 전날 밤은 나에게 있어 그와의 마지막 밤이 되고 말았다. 일을 마치고 집에 돌아오니 그날도 늘 그렇듯 야반의 시간이었다. 문에 들어서자 그의 서재에 불이 환하게 켜져 있고, 그는 열심히 볼드윈의 소설을 번역하면서 나를 기다리고 있었다.

내가 간단히 목욕을 하고 방에 들어서자 그이도 펜을 놓고 안방으로 건너왔다. "여보, 경(耕 · 둘째 '우'의 애칭)이 놈 얼굴 훤하지. 낮에 앞머리가 눈가까지 내려왔기에 내가 가위로 조금만 잘라준다는 것이 이렇게 껑충 잘라졌거든, 그랬더니 이놈이 얼마나 울고불고하는지 혼이 났어. 글쎄 제 얼굴이 커졌다면서 미워졌다고 마구 내 탓을 하니 꼼짝도 못하고 설설 빌었어." 하고 애기를 한다. 나는 그이의 애기를 들으면서 자는 놈의 얼굴을 보니 과연 껑충하게 잘린 앞머리가 영 어울리지 않는다. 우습기도 하고 그놈의 성미는 어떻게 제 아버지와 흡사한지 흐뭇하기도 하였다. 그이도 그놈이 자기를 여실히 닮았다고 늘 애착이 더했다. 내일은 속죄하는 뜻으로 이놈과 같이 이발을 하기로 약속하고 재웠다고 한다. 1년이면 두서너 번밖에 이발소에 가지 않는 그가 이발까지 하고 세상을 떴다. 지나고 돌이켜 생각하니 새삼 인과같이 느껴지기도 한다.

한참을 웃다가 우리는 뷔페의 파리 풍경을 모은 자그마한 화집을 흥미진진하게 펼쳐 보았다. 1943년대의 뷔페는 파시스트에 점령당한 파리에서 청춘 시절을 보내야 했다. 그럼에도 파리 시가에는 사람의 그림자를 찾아볼 수가 없다. 그때의 파리에서는 사람이 제일 무서웠다고 한다. 그 예리한 고독과 불안이 그림 속에서 역력히 드러나 증언하고 있는 듯했다.

우리는 많은 이야기를 하였다. 그의 얘기는 늘 새로운 정신을 발견하게 해주었다. 그날도 내게 했던 여태 잊히지 않는 말, 즉 "예술가는 끝까지 고독을 지켜야 된다"고 그는 말했다. 세 시가 훨씬 지나도록 얘기를 하다가 그는 서재로 돌아갔다. 우리 두 사람의 자랑이라면 가끔 대화로 밤을 지새울 수 있는 정열을 잃지 않고 살아온 것이었다.

나는 잠깐 눈을 붙였다가 여섯 시에 눈을 뜨고 아이들을 재촉하여 도시락을 챙겨 학교에 보냈다. 그러고 나니 아침 일곱 시, 그동안 일손이 바빠 자연 과로를 해서 그런지 피로 누적 때문에 현기증과 두통이 심하게 느껴져 다시 한 시간쯤 자려고 누웠으나 잠들지 못했다. 오늘은 무슨 일이 있어도 푹 쉬고 누워 있어야겠다고 마음먹고 다시 누웠다. 그러자 전화벨이 울리고 신구문화사에서 원고를 가지러 오겠다는 전갈이 왔다.

그는 내가 몸져누워 있는 것을 보더니 안방에서 서재로 다시 서재에서 안방으로 안절부절못하며 왔다 갔다 하는 것이었다. 다름 아닌 원고 넘버를 내게 부탁할 참인데 내가 아프다고 하니 차마 넘버를 쳐달랄 수도 없고, 그렇다고 자기가 하기 싫은 숫자 쓰기가 지긋지긋한 모양인 것이다.

그는 돈을 세는 것도 괴로워했지만 원고 낱장들을 세는 것도 싫어했다. 이러한 일은 모름지기 여편네가 하는 것으로 믿고 살아온 사람이다. 나는 처음에 모르는 체하고 있었다. 나도 몸이 아프니 쉬어야겠다고 마음을 먹고 있었지만, 생각해보니 그냥 넘길 수가 없었다. 거의 2,000장이나 되는 원고에 넘버가 없어 혹시라도 흐트러져 나중에 닥칠 혼란을 생각하니 순간 겁이 났다.

나는 용기를 내어 찬물로 세수를 하고 기도하는 자세로 넘버를 치기 시작했다. 손이 떨리고 숨이 오그라지는 듯하여 몇 번이고 틀리기도 하며 써나갔다. 그는 너무 흐뭇해하며 줄곧 옆에 서서 지켜보고 있었다.

이것이 그와 나와의 최후의 시간이 될 줄이야.

누구를 어떻게 탓해야 할지 분하고 원통하기 그지없다.

(1968)

시는 내 곁으로 와 눕고

1

"세월이 서럽고도 무섭구나."

올해 여든다섯 되신 시어머님(안형순)께서
는 언젠가 무거운 한숨을 토하며 제게 이런 말씀을 하셨습니
다. 시어머님의 이 말씀처럼 참으로 서럽고도 무서운 것이 세
월인 것을 요즘 새삼 깨닫게 됩니다.

지금으로부터 17년 전, 1968년 6월 18일, 도봉동 선영(先塋)
기슭에 김 시인을 묻고 두 아들을 앞세우며 논밭 사잇길로 돌
아온 그날, 서산에 지는 석양의 고운 빛을 가슴 아프고 아름답
게 느끼면서, 앞서 가던 어린놈들의 어깨가 가늘게 떨리던 일
을, 한시도 잊지 않고 오늘까지 살아왔습니다. 살아 있는 이 목
숨이 때로는 죄스럽고 부끄럽기까지 하다는 생각을 하며, 지금
이 순간까지 죄 많은 목숨을 이어왔습니다.

1968년 6월 15일 밤 11시 50분경. "아주머니, 아주머니" 하고 이웃집 여인이 저희 집 대문을 두드렸습니다. 무슨 일인가 하고 문을 열고 나갔더니 "저 앞길에서 교통사고가 났는데 아무래도 이상해요." 하면서 나가보라고 했습니다. 옷을 입는 둥 마는 둥 구수동(舊水洞) 사고 장소로 달려갔으나, 그곳엔 검은 피가 낭자하게 흐르고 있었을 뿐 차도 부상자도 없었습니다.

혹시나 싶어 인근 파출소로 달려갔습니다. 경찰들은 교통사고가 난 사실조차 모르고 있었습니다. 저는 다시 택시를 잡아타고 부근 병원을 하나하나 더듬어 나갔습니다. 급기야는 한 병원에서 교통사고를 당한 한 사람을 방금 적십자병원으로 보냈다고 해서 급히 그곳으로 가보았습니다. 아, 그곳엔 김 시인이…… 내 남편 김수영이 중환자실에 누워 산소호흡기를 코에 꽂고 있었습니다.

이미 동공은 빛을 잃었고, 귀에서는 피가 흘러나왔으며, 손과 팔꿈치가 시퍼렇게 멍들어 있었습니다. 그렁그렁 가래 끓는 소리만이 숨이 붙어 있음을 알려주었습니다.

저는 간호원에게 급히 부탁하여 집으로 전화를 걸었습니다.

"엄마야?"

장남 준(儁)의 놀란 목소리가 제 마음을 찢어놓았습니다.

"그래, 엄마다. 통금이 해제되거든 도봉동 할머니 댁에 가서 큰삼촌(김수성)하고 고모(김수명)를 모셔 오너라, 적십자병원으로. 택시를 타고 가서 곧장. 아버지가 교통사고를 당하셨어……."

도봉동에서 새벽같이 시댁 식구들이 달려오고, 곧이어 유정
(柳呈), 황순원(黃順元), 최정희(崔貞熙) 씨 등이 중환자실로 들이
닥쳤습니다. 김 시인은 새까맣게 탄 얼굴로 산소호흡기를 통해
공기를 들이마시면서 배가 불룩 부풀어 오르고, 내쉬면 가라앉
는 기계적인 동작을 되풀이하고 있었습니다. 거의 무의식적으
로 생과 사를 오락가락하면서 죽음 혹은 삶과 싸우고 있는 듯
했습니다.

그러다가 새벽 5시가 넘자 그 가느다란 싸움도 포기한 듯 그
는 얼굴이 풀리고 고요해졌습니다. 저는 흐느끼면서 그의 두
눈을 감겨주었습니다. 48년의 생애를 마치고 김 시인은 조각처
럼 희고 단정한 얼굴로 무(無)의 세계 속으로 들어간 것이었습
니다.

김 시인이 영원히 돌아올 수 없는, 그 운명적인 순간을 맞이
하기 위해 마지막으로 집을 나간 것은 사실 번역한 원고료를
받기 위해서였습니다. 마침 급히 쓸 돈이 필요해서 신구문화사
의 신동문(辛東門) 시인에게 번역료 선불을 좀 부탁해볼 수 없겠
느냐고 제가 채근했기 때문이었습니다.

그날 그는 신동문 씨에게 원고료 7만 원을 받은 후 신동문,
정달영(鄭達泳 · 당시 한국일보 기자), 이병주(李炳注 · 소설가) 씨와
함께 밤늦도록 술을 마시고 서강 종점 인적이 드문 길을 휘적
휘적 걸어 집으로 오다가, 인도로 뛰어든 좌석 버스에 받혀 그

만 풀잎처럼 쓰러졌던 것입니다.

2

　장례식은 6월 18일 오전 10시. 예총회관(지금의 세종문화회관 오른쪽) 광장에서 문인장(文人葬)으로 거행되었습니다. 장례 위원장은 이헌구(李軒求) 씨였으며, 박두진(朴斗鎭) 시인이 조사를 낭독했습니다. 이날 하늘은 바람이 불고 해가 나왔다 들어갔다 했습니다. 12시경에 그이의 유해를 실은 영구차는 어머님이 양계를 하고 계시는 도봉동 선산으로 향했습니다. 시동생 수성이 그에게 조그만 서재 하나를 지어주려고 했던 언덕에, 문단 원로를 비롯한 수많은 문인들의 조상(弔喪)을 받으며 그는 묻혔습니다.

　인간의 목숨이란 하늘에서 주시고 또 하늘에서 거두어가는 것일까요? 죽음이야말로 인간이 무서워하는 마지막 순간, 그의 좌우명이 생각납니다.

　'상주사심(常住死心)'

　그는 어느 날 자신의 책상 한구석에 이렇게 써놓았습니다.

　"이게 무슨 뜻인가요?"

　그 말이 무슨 말인지 궁금해 여쭈어보았더니, 이는 어느 불경책(佛經册)에 쓰여 있는 말로 자신의 좌우명으로 삼겠다고 하였습니다.

"늘 죽음을 생각하며 살아라, 이런 뜻이지, 늘 죽는다는 생각을 하면, 지금 살아 있는 목숨을 고맙게 생각하고 아름답게 살수 있어."

그는 온몸으로 시를 쓰는 참다운 시인이었기에, 하루하루가 새로움에 대한 비약이요, 몸부림이 아닐 수 없었습니다. 새로운 진실에 대한 투쟁이야말로 그의 삶, 바로 그 자체였습니다.

그이는 인류의 장래에 대해서 늘 염려했듯이 가족에게나 이웃에게나 아낌없는 사랑과 진실을 보여주었습니다. 인류의 평화와 자유와 문화의 척도를 한 치라도 더 높이고자, 현실에서 일어나는 일상의 작은 일에서부터 큰일까지, 매사 어느 것 하나 어느 한순간이라도 범상히 넘기지 않았습니다.

"시를 쓰는 일은 바로 인류를 위한 일이야. 나는 인류를 위해 시를 쓴다."

술이라도 한 잔 하신 날이면 부끄러움도 없이 이렇게 외치기도 했습니다.

도시 변두리에서 가난하게 살고 있는 김 시인을 두고 동네에서는, 그가 병이 있어 집에서 놀고 있고, 여편네인 제가 짤짤거리며 쏘다니면서 밥벌이를 하고 살아가는 줄 알았답니다.

그이의 시는 바로 우리의 생활이었으며, 아직도 김 시인의 진실의 실체 하나하나가 제 가슴속에 살아 있습니다. 같은 공감대를 갖고 그 진실한 나날들을 한몸이 되어 살아왔기에, 그이와 그이의 시는 제 가슴속에 콱 못 박혀 있습니다.

그의 시는 살아 있습니다. 그이의 시는 영원히 살아 있습니다. 진실은 아름답고 착합니다. 아름다운 것은 진실밖에 없다고 믿게 되었습니다. 우리는 인생의 가치 기준을 아름다움에 두었습니다.

3

제가 김 시인을 처음 만난 것은 1942년 5월, 진명여고 2학년 15세 때였습니다. 나이 많은 일본인 교사가 가르치는 공민(公民) 시간이 너무 재미없고 짜증스러워 저는 수업도 받지 않고 땡땡이를 친 적이 있었습니다.

너무나 맑고 아름다운 찬란한 5월의 봄 하늘을 바라보며, 저는 효자동 전차 종점 부근을 책가방을 든 채 걸어갔습니다. 그런데 그 종점 부근에서 제 수양어머니의 남동생 되는, 제가 아저씨라고 불렀던 J 씨가 김수영 시인과 함께 나란히 걸어오고 있었습니다.

그때 김 시인은 선린 상업학교를 졸업하고, 일본 동경 성북(城北) 고등예비 학교에 다니던, 스물한두 살 무렵이었으며, 학비 조달을 위해 J 씨와 함께 잠시 귀국했을 때였습니다. J 씨는 선린 상업학교 후배인 김 시인에게 나를 자랑삼아, 한번 만나 보라고 권하곤 하였는데 김 시인은 J 씨의 그런 제의를 그저 조용히 받아들이곤 했다 합니다.

저는 그날 김 시인과 J 씨를 사직동 저의 집으로 모시고 가서 맥주를 대접했습니다. 처음 만난 김 시인은 별로 말이 없었습니다. 그는 얼굴 피부가 유난히 희었으며, 눈은 황금빛으로 빛났습니다.

그는 전문부(專門部) 학생답게 둥근 모자를 썼으며, 검은 사지 쓰메에리(남학생 교복의 칼라) 학생복이 퍽 단정했습니다.

더욱이 맨발에 걸친 초리(草履 · 왕골이나 짚으로 만든 신)는 무척이나 고급스러워, 제 생각엔 그가 꼭 일본 귀족 학생이나 되는가 싶었습니다.

초리를 신은 그의 유난히도 흰 발과 황금빛 눈동자의 그 강렬한 눈빛은 그의 고매한 정신과도 직결되는 것 같아, 그를 처음 만난 그날 제 가슴은 꽃봉오리처럼 터졌습니다. 찬란한 봄 하늘의 햇빛과 훈풍에 이끌려 15세 소녀가 수업을 박차고 5월의 거리로 달려 나간 것은 그날 그렇게 김 시인을 만나기 위한 운명적인 것이었습니다.

그 후부터 저는 김 시인을 '아저씨'라고 불렀으며, 그는 간혹 차원 높은 산문시와 같은 편지를 일본에서 보내오곤 하였습니다. 그 무렵 그는 유명한 작가 러스킨의 『깨와 백합』이란 일본 암파문고판 책을 보내와, 저는 그 책을 읽고 독후감을 써서 보냈는데, 그는 독후감을 잘 썼다고 굉장한 칭찬의 편지를 보내왔습니다. 일생 동안 저의 온갖 구석구석까지 모든 저의 재량을 다 알아주었던 그에게서 칭찬을 받은 건 그때가 처음이었습니다.

1944년, 제가 진명여고 4학년 졸업반이었던 3월에 김 시인이 학교로 저를 찾아온 적이 있었습니다. 그는 그때 전쟁의 막바지에서 강압적인 학도병 징병 문제를 피해 병약한 환자의 몰골로 막 귀국했을 때였습니다. 오른손에 지팡이를 짚고, 땟국이 흐르는 옷에 고무신을 신은 한 사나이가 그날 교문 앞에 서서 저를 기다리고 있었습니다. 지치고 남루하기 짝이 없었음에도 불구하고 그의 눈빛에서는 사색하는 사람들이 지니는 어떤 정신적인 기품 같은 것이 흘렀습니다. 졸업반 여학생 특유의 감상에 젖어 있던 저의 눈엔 그 사나이의 모습이 완벽하게 연출한 연극의 한 장면처럼 들어왔습니다.

"아저씨, 웬일이세요?"

반가운 마음으로 제가 그에게 달려갔으나 그는 그 큰 눈만 굴릴 뿐 아무 말도 하지 않았습니다.

"아저씨, 저기 저 식당으로 가서 얘기해요."

저는 앞장서서 제가 잘 다니던 학교 앞 중식당으로 들어가 무 뎀뿌라(튀김) 한 접시를 시켰습니다. 전쟁이 막바지를 달리고 있을 때여서 어지간한 식당엔 먹을 것이 없었습니다. 뎀뿌라가 나오자 순식간에 그것을 다 먹어치웠습니다. 그러고는 잠시 우리 사이에 이상한 정적이 흘렀습니다.

저는 그이의 얼굴을 쳐다보았습니다. 김 시인의 얼굴은 마치 어떤 인간의 원형적인 고독감에 사로잡혀 괴로워하고 있는 듯한 표정이었습니다. 그게 무엇인지 정확하게 알 수는 없었지만 내 영혼은 어두운 그를 이해할 수 있을 것 같았습니다.

'그는 『죄와 벌』의 라스콜니코프처럼 구체적인 범행을 저지르진 않았으나, 그 어떤 추상적인 살인, 그 자신의 영혼을 죽였다든가, 신을 죽였다든가, 의인을 죽였다든가 했을 것이다. 그 때문에 죄책감에 시달려 마음의 지옥을 헤맬 것이다. 그는 구원을 찾고 있을 것이다. 그래서 저 더러운 두루마기를 입고 구도자처럼 지팡이를 짚고 있을 것이다.'

이런 생각을 하자, 어느새 제 마음도 그에게 감염되어 어두워졌습니다. 그때 식당 안 벽시계가 땡땡땡, 3시를 알렸습니다. 저는 호주머니에 넣고 다니던 지갑을 재빨리 그가 거절할 틈도 주지 않고 건네주고, 친구들과 3시에 만나기로 약속했다면서 인사도 하는 둥 마는 둥 하고 식당을 빠져나왔습니다. 그는 어찌할 바를 몰라 그곳에 멍하니 주저앉아 있었습니다. 악어가죽으로 만든 그 지갑 속엔 5원이 들어 있었습니다.

4

그 뒤 해방 이후 1948년 여름, 하루는 제가 B 시인과 서울 명동 거리를 걷고 있다가 김 시인을 만나, 김 시인에게 B 시인을 소개했습니다. 그러자 김 시인은 소개도 받지 않고 어디론가 도망쳐버렸습니다. 그런데 그다음 날 새벽, 느닷없이 그가 구둣발로 제 방 안에 뛰어 들어와 화를 내며 소리를 쳤습니다.

"어떻게 넌 말 뼈다귀 같은, 정체불명의 엉터리 같은 놈과 사 귀어? 넌 어찌 그렇게 우둔해? 응? 내가 꼭 말로 사랑한다고 해 야 돼? 그래야 꼭 알겠어?"

그 뒤 비로소 저는 그의 사랑에 눈을 뜨고 그를 사랑하기 시 작했습니다. 지금 그 뜨거웠던 여름날의 즐거웠던 추억들이 떠 오릅니다. 한 번은 그와 단둘이 노량진에서 밤섬으로 간 적이 있었습니다. 날이 얼마나 더웠던지, 저는 강렬하게 내리쬐는 햇살에 숨이 턱 막히는 것 같았습니다. 우리는 밤섬 쪽으로 하 얀 잔모래가 깔린 강변 백사장을 걸었습니다. 걷다 보니 그곳 엔 물이 얕고 넓은 웅덩이 하나가 있었는데 어찌나 맑고 깨끗 하던지 물 밑바닥이 훤히 다 보였습니다.

저는 마침 무더위에 지쳐 있었던 터라, 아무 부끄러움도 없 이 자연스럽게 홀홀 원피스를 벗고 알몸이 되어 물속으로 첨벙 뛰어들었습니다. 그러자 그도 저를 따라 옷을 벗고 알몸으로 물속에 뛰어 들어왔습니다.

폭양이 내리쬐는 한여름, 주위에 사람이라고는 하나 없는 여 의도 한복판, 맑은 웅덩이 물속에서 그이와 나는 실오라기 하나 걸치지 않고 서로 물을 끼얹어주면서 어린아이들처럼 물장구를 치며 놀았습니다. 한참 동안 그렇게 물장구를 치며 더위를 식히 다가 먼발치에서 인기척이 느껴지자 얼른 나와 옷을 입고 다시 강을 건너 노량진 쪽으로 걸어갔습니다. 다 큰 청춘 남녀가 아무 욕심도 안 부리고 그럴 수 있었다는 게 지금 생각해보면 너무 아름다운 추억입니다.

김 시인과 저는 박인환의 서점 '마리서사'에 드나들면서 그곳에 모이는 일군(一群)의 젊은이들, 임호권(林虎權), 김병욱(金秉旭) 등을 만났으나 곧 싫증을 내고 그쪽으로는 발길을 잘 옮기지 않았습니다. 저는 그들이 너무나 속 빈 강정같이 실력이 없다고 느꼈습니다. 하루는 일본 시인 무라노 시로(村野四郎)의 시를 박인환 시인이 일본어로 낭송한 적이 있었는데, 그 음독(音讀)을 너무 많이 틀려 그다음부터는 그를 철저하게 무시했습니다. 며칠 동안 그와 거리를 걷고 식사를 같이하고, 어울려서 술을 같이 마시며 데이트한 것조차 후회가 될 지경이었습니다. 그러나 김 시인은 달랐습니다. 김 시인은 그즈음 초현실주의 예술이나 전위 예술에 무서운 비평을 가했으며, 거기에 취해 있는 시인들을 뒤떨어진 시인이라며 그들을 경멸했습니다. 그리고 그는 충실한 생활자가 되기 위해 박일영(朴一英) 씨를 따라 상업 간판을 그리러 다니기도 했습니다. 어느 날 명동 입구로 들어가는데, 무척 눈에 익은 사람이 사닥다리에 올라가 간판을 그리고 있었습니다. 가까이 가봤더니 바로 김 시인이었습니다. 그는 온몸에 갖가지 색깔의 페인트를 묻힌 채 "오늘 횡재를 했으니 저녁에 대향연을 벌이자"고 하면서 입을 크게 벌리고 웃었습니다.

김 시인의 말에 의하면 박일영이란 분은 대단한 재간을 가진

147

예술가였으나, 한 편의 시도 한 폭의 그림도 발표한 일이 없는 사람이었습니다. 저는 그저 김 시인의 얘기만 믿고 마음으로 그를 따르고 존경했습니다. 박 선생은 대단히 겸손한 사람이었습니다. 그런데 몸이 약해서 결혼을 못 한다고 했습니다.

5

우리는 1949년 겨울, 돈암동에 방을 얻고 신접살림을 차렸습니다. 신접살림이라고는 하지만 정식으로 면사포를 쓰고 웨딩마치에 발맞추어 걸어 나오는 정식 결혼의 관문을 거친 것은 아니었습니다. 서로 떨어져 살기 싫을 정도로 사랑한다면 그 사랑이 곧 결혼의 형식이라는 그의 방식대로 곧바로 동거 생활에 진입한 것입니다.

우리는 결혼한다고 양쪽 집에 말해 결혼 비용을 받았지만 결혼식은 치르지 않고 그 돈을 부산으로 여행하거나 데이트 자금으로 다 써버리고 말았습니다. 그래서 양가에서는 우리를 내놓은 사람 취급을 하기도 했습니다.

그때 우리는 돈 나올 곳이 없는 가난뱅이였지만, 돈암동에서 방 세 개가 있는 집의 아래채를 얻어 살았습니다. 고모(김수명) 생일도 우리 집에서 치렀는데, 가난의 여유랄까 그런 것이 우리에게는 있었습니다. 6·25가 발발하기까지, 항상 마음에 무언가가 꽉 들어차서 더 이상 아무것도 들어올 수 없는 충만감으로 살았던, 참으로 짧았지만 행복했던 시절이었습니다.

그이는 저와 동거 생활을 하기 전엔, 주변에 영어를 배우러 다니는 여대생도 있었고, 『문예』 잡지사의 여기자도 있었습니다. 그런데 저는 크게 신경을 쓰지 않았습니다.

원래 저는 시도 쓰고 그림도 그렸는데, 내심으로는 시보다 그림을 그릴 생각이었습니다. 전쟁 중에 교육 받은 터라 미술 조류는 자연히 프랑스의 인상파, 그것도 일제(日帝) 군국주의 선정성과 밀접한 관련을 가진 리얼리즘에 익숙해 있었습니다. 그런데 그이를 알고, 그의 영향을 받으면서부터 더 이상 그런 그림을 그릴 수가 없었습니다. 특히 그에게서 달리 화집을 빌려 보고는 붓을 놓아버렸습니다. 김 시인은 화가 중에 달리도 좋아했지만, 뭉크를 더 좋아했습니다. 그리고 이런 말을 한 적이 있습니다.

"뭉크한테서는 에스프리(정신) 같은 것이 감전돼 와. 물론 피카소나 베토벤이 한 수 위지만, 피카소나 베토벤은 내가 도저히 대적할 수 없는 악마적 존재야."

이 무렵 우리 부부는 명동을 "싸구려 명동"이라고 부르며, 밖에서 만날 때는 가급적 명동을 피하고, 정동 경교장 부근에 있는 음악다방에 자주 갔습니다. 그곳엔 문인들이 없어 조용해서 좋았고, 그는 그 조용한 분위기에서 크고 빠른 목소리로 자신의 생각을 몰입하여 얘기하기를 좋아했습니다. 그는 때때로 이승만 대통령을 공격하기도 했고, 문단의 스캔들을 화제 삼기도 했습니다.

직장 생활을 싫어했던 그가, 서울대학교 부설 간호학교 영어 강사 자리를 얻어 출강하게 된 것도 그 무렵이었습니다. 결혼 생활을 하기 위해서 돈이 필요하기도 했지만, 돈을 벌러 직장에 나가도 된다고 생각할 정도로 정신적인 안정을 얻고 있었습니다. 그런데 그 무렵, 우리 민족의 비극인 6·25 동란이 일어났습니다.

6

그는 서울에 그대로 남아 있다가 1950년 8월 25일경, 문인들이 대거 의용군으로 끌려갈 때 인민군에게 끌려갔습니다. 계속 숨어 다니던 그가, 모시 노타이 차림으로 집을 나갔다가 강제 입대됐다는 말을 듣고 시누이(김수명)와 함께 충무로 일신(日新) 국민학교로 달려가서 철조망 안으로 감자 삶은 것 몇 개를 건네준 것이 그이와의 마지막이었습니다.

그의 큰 눈은 공포와 불안과 굶주림으로 시커먼 동혈(洞穴) 같았습니다. 저는 아무런 말도 한마디 건네지 못하고 우두커니 서 있다가, 그가 인민군 보초병 몽둥이에 맞고 끌려 들어가는 무서운 꼴을 보았습니다.

바로 그다음 날 아침, 웬일인지 여름 날씨가 가을의 쌀쌀한 날씨로 급강하해서, 저는 부랴부랴 그의 두터운 옷을 챙겨 들고 안개 낀 새벽길을 달려갔습니다. 그러나 일신국민학교 운동장엔 흉물스런 철조망만 남아 있을 뿐, 총과 몽둥이를 들고 설치던 인민군도, 갇혀 있던 숱한 문인들도 다 어디로 갔는지 아무도 보이지 않았습니다. 텅 빈 교사(校舍), 텅 빈 운동장은 마치 폐허와 같았습니다.

기진맥진한 저는 그 자리에 털썩 주저앉아버렸습니다. 이 세상 모든 것을 잃어버린 허탈한 상태, 바로 그것이었습니다. 그 사람은 이제 영원히 돌아올 수 없는 사람, 찾을 길 없는 머나먼 북녘 땅으로 가버린 사람, 저는 그가 쌀쌀한 가을 날씨에 여름 옷으로는 살아남을 사람이 아님을 잘 알고 있었습니다. 그이는 꼭 병아리같이 추위를 타서, 궂은 날이나 한여름에도 아침저녁으로는 꼭 두터운 옷을 챙겨드려야 했습니다.

후일 그이가 돌아와서 한 얘기를 들어보니, 바로 그날 밤 무서운 감시 속에서 미아리고개를 넘어 북(北)으로의 행진을 계속했으며, 포천 근처까지 가자, 입고 있던 그 노방옷은 이미 차가운 바람을 견디지 못해 갈기갈기 찢어졌다고 하더군요.

그 후 우리 가족들은 모두 그이가 살아 돌아올 수 없는 사람으로 생각했습니다. 없어진 사람에 대한 얘기를 일체 하지 않기로 무언중 약속이나 한 것처럼 그이에 대한 얘기를 가슴 깊숙이 숨겼습니다. 그러다가 누구 한 사람이라도 슬픔에 북받쳐서 그이에 대한 얘기를 꺼냈다 하면, 밥을 먹을 때건 아니건 분간도 없이 우리 집은 통곡의 수라장이 되었습니다. 얼마 동안

가슴에 누운 풀잎 그리고

우리 가족은 매일 이런 통곡의 울음바다에서 살았습니다.

그러다가 1950년 12월 28일, 경기도 화성군 발안면 사랑리 피난지에서 저는 첫아들 준(儁)을 낳았습니다. 가지고 온 패물이며 옷가지를 팔아 근근이 연명하던 중 한강 도강(渡江)이 허락되지 않던 어느 날, 시어머님께서 서울을 한 번 다녀오시더니, 종로6가 노고모님한테 그이가 '반공 포로로 거제 포로수용소에 있다'는 편지가 왔다고 했습니다. 아! 아! 그이는 살아 있었던 것입니다.

우리는 너무 기쁜 나머지 며칠 밤을 그저 꿈이냐 생시냐 하고 서로를 위안하며 놀란 가슴을 진정시켰습니다.

7

저는 곧바로 그에게 긴 편지를 띄웠습니다. 그이의 답장이 곧 있을 것이란 기대에 한껏 부풀어 그동안의 피난살이 얘기, 아들 준의 탄생, 잠시 선생 노릇을 하던 피난지 중학교에서의 얘기 등을 적은 편지를 보냈습니다. 그러나 그이의 답장은 오지 않았습니다. 그쪽 수용소 사정이 편지할 수 있는 형편이 못 되는 것 같아 답장 받기를 단념하고, 밑도 끝도 없이 일기를 쓰듯 편지를 써서 보냈습니다. 그래도 그이의 답장은 오지 않았습니다. 저는 애타는 마음을 누를 길 없어 매일 한 번씩 아기를 들쳐 업고 20리 길을 걸어 우체국에 갔다가 그저 빈손으로, 무거운 발걸음으로 돌아오곤 하였습니다.

그러나 저는 그이가 저와 아들에게 반드시 돌아오리라는 믿음을 가지고 끈질기게 기다렸습니다. 믿음직한 아이의 아버지로 그가 내 앞에 나타날 것을 저는 믿어 의심치 않았습니다.

결국 그는 이런 저의 기다림을 배반하지 않고 1952년 12월 겨울, 저의 피난지 사랑리로 돌아왔습니다. 보따리 하나 없이, 돈도 한 푼 없이 맨몸으로 죽은 자가 다시 살아서 돌아오듯, 그는 그렇게 홀연히 제 앞에 나타났습니다. 저는 너무나 놀랍고 반갑고 기가 차서 아무 말도 하지 못했습니다.

그는 포로수용소에서 석방되자마자 무척 당황했다고 합니다. 갑자기 자유의 몸이 된 그는 길 한복판에 서서 어디로 갈 것인가 하고 한참 동안 망설였다고 합니다.

"어머님도 보고 싶고, 누이동생들도 보고 싶고, 둘째 동생도 보고 싶고, 모두 모두 너무나 보고 싶었어."

훗날 그이는 어머님께 이런 말을 했었습니다.

"어머니, 포로수용소에서 나오자마자 길 한가운데 서서 한참 동안 망설였습니다. 어머니한테 먼저 가야 하나, 아들과 아내한테 먼저 가야 하나 하고 깊게 생각했지만, 결국 아내와 아들이 먼저 보고 싶었습니다."

"그건 으레 그렇단다. 정직한 얘기로구나."

그이의 말을 들은 시어머님께서는 조금도 서운한 기색이 없으셨습니다.

제가 보낸 일기 편지는 포로수용소 안에서 대인기였다고 합니다. 가족들의 소식에 굶주린 불쌍한 포로들은 제 편지를 읽으며, 그 전쟁 와중에 그래도 살아남아 있다는 사실을 확인하곤 하였답니다. 서로 편지를 돌려가며 읽는 바람에 편지가 갈기갈기 찢겨 나중엔 베개 속에 숨기기까지 했다는 얘기에 마음이 아려왔습니다. 그이도 매일같이 편지를 써서 제게 보냈다는 안타까운 사실도 저는 그때야 처음 알았습니다. 그이는 밤을 지새우며 그동안 있었던 얘기를 한없이 들려주었습니다. 삶과 죽음의 고비를 넘기며 가슴속 깊이 사무친 얘기를 낮고 조용한 목소리로, 그날의 공포와 비애를 삼키며 말씀하셨습니다.

"글쎄 말이야, 느닷없이 포로수용소 스피커에서 '내 고향 남쪽 바다아―' 하는 이은상 선생이 작사하신 노래가 찢어지게 애달프게 울려 퍼지는 거야. 마치 거제 61포로수용소를 온통 흔들듯이. 그러면 어떻게 된 일인지, 개미 한 마리 얼씬거리지 않는 무서운 고요가 깔리고, 이어서 폭동이 일어나고, 너 나 할 것 없이 모두 공포의 도가니 속에 빠지지. 그리고 누가 누구에게 죽임을 당하는지 알 수가 없지.

그래서 '내 고향 남쪽 바다아―' 하는 노래가 울려 퍼지면 소름이 돋고 치가 떨렸어. 그 노래가 끝난 뒤엔 꼭 몇 구의 시체가 발견되기도 하고, 그 시체조차 흔적도 없이 사라지고 했거든. 적색(赤色) 포로들 때문에 반공 포로들은 자기 신분을 감추고 지내야 했었어.

정말 암흑과 고절(孤絶)과 절망의 나날들이었어. 그 속에서 내가 어떻게 견뎌내야 했겠어? 난 살아야겠다는 의지를 매순간 다짐했어. 앞도 뒤도 없고 시간조차 흐르는 것 같지 않았지. 그 대로 모든 것이 움직이지도 않은 채 끝없이 깊이깊이 가라앉는 것 같았어. 그래도 수용소에 처음 들어왔을 땐, 악귀보다 더 어둡고 무서웠던, 무섭도록 춥고 굶주렸던 탈주 경로 때문에 처음엔 그곳이 안도의 보금자리였지.

　　아, 그러나 나는 온갖 것이 다 정지된, 포로수용소에서의 그 침체의 연속에서 벗어나기 위해서, 내 손으로 매일 생니 하나씩을 흔들어 뽑았어. 그 답답한 시간을 나는 이를 빼는 아픔을 스스로에게 가함으로써 견딜 수 있었고, 또 견뎌야 했어. 나에게 이가 빠지는 아픔이 있다는 것은 바로 내가 이렇게 살아 있다는 것을 확신하게 만드는 것이었어.

　　나는 내 이를 빼면서 큰 힘을 얻었지. 그리고 나날이 한 개씩 없어지는 이를 보면서, 새롭게 내 정신을 가다듬고 내 시의 구심점이 사랑에 있다고 굳게 마음먹었지.”

8

　　1954년, 신당동에서 동생들과 같이 있던 김 시인의 나이 서른세 살 때, 피난지에서 돌아와 저는 다시 성북동에 안착했습니다. 우리가 세 든 집은 백낙승(白樂承) 씨의 한옥 사랑(舍廊) 별장으로, 지저귀는 새 울음소리에 잠을 깨고 약숫물로 세수를 할 정도로 피난살이에 시달린 우리로서는 그야말로 신선이 사는 선경(仙景)에라도 든 것 같았지요.

그런데 그 성북동 집에 사는 산장지기 귀머거리 아저씨가 온종일 무분별하게 틀어대는 라디오 소리 때문에 우리는 또 그곳을 떠나야 했습니다. 소음에 대해서 무척 신경이 날카로운 그이가 글을 쓸 때는 온 식구가 고양이처럼 발소리 나지 않게 조심할 정도였으므로, 결국 그 라디오 소리를 견뎌내지 못했던 것입니다. 그는 그렇게 예민한 사람이었습니다.

여기저기 소음이 없는 곳을 찾아 우리 형편에 맞는 싼 집을 구하다 보니 황무지 같은 서강(西江) 언덕에 상여처럼 앙상한 외딴집 한 채를 사서 이사했습니다. 500여 평 대지에 건평 26평, 주위엔 잡초가 우거져 모기가 들끓었지만, 멀리 흐르는 한강물은 일광에 따라 푸른빛으로 붉은빛으로, 또 잿빛으로 변하면서 우리의 마음을 물들여주었습니다. 나중에 안 일이지만 그 일대 주택은 모두 무허가 주택이었다고 합니다.

저는 황무지를 개척하는 서부 여인처럼 삽과 곡괭이를 들고 밭을 갈고 씨를 뿌리는, 참으로 보람된 농군 생활을 했습니다. 그때에는 우리 국민 대다수가 궁핍한 생활을 할 때였습니다. 쌀 한 말 사다가 독에 부어놓으면 너무나 대견해서, 하루에도 몇 번씩 작은 독에 가득 찬 쌀을 복 더미 들여다보듯 하며 기꺼워했습니다. 한 달에 3,000환만 있으면 살아갈 수 있는 때였으나, 우리는 땅을 이용해야 호구지책이 되겠다고 생각하고 양계(養鷄)를 시작했습니다.

닭을 기르는 일은 생각했던 것 이상으로 여간 힘든 일이 아니었습니다. 제때에 먹이를 주고 닭장을 청소해주어야 했으며, 제때에 사료를 구해오고 물을 길어와야 했습니다. 또 '백리(白痢)'라든지 '콕시즘' 같은 전염병을 막기 위해 정기적으로 예방주사를 놓아야 했고, 수시로 어디 병들지나 않았는지 병아리들의 내색을 살펴보아야 했습니다. 김 시인의 산문 「양계 변명」에 보면 닭 기르던 얘기가 자세하게 나옵니다.

날더러 양계를 한다니 내 솜씨에 무슨 양계를 하겠습니까. 우리 집 여편네가 하는 거지요. 내가 취직도 하지 않고 수입도 비정기적이고 하니 하는 수 없이 여편네가 시작한 거지요. (중략) 내가 닭띠가 돼서 그런지 나는 닭이 싫지 않았습니다. 먼첨에는 백 마리쯤 길렀지요. 부화장에서 병아리를 사다가 안방 아랫목에서 상자 속에 구공탄을 피워 넣고 병아리 참고서를 펴 보면서 기르는데 생각한 것보다 훨씬 힘이 들더군요. 그래도 되잖은 원고벌이보다는 한결 마음이 편하지요. 나는 난생처음으로 직업을 가진 것 같은 자홀감(自惚感)을 느꼈습니다.

1960년경쯤엔 우리의 살림도 점차 안정을 회복해갔습니다. 힘들었던 양계 일을 그만두고, 양계를 하면서 동시에 시작했던

가슴에 누운 풀잎 그리고

양재(洋裁) 일에 전념하는 쪽으로 방향을 틀었습니다. 처음엔 친구나 친구 아이들의 옷을 만들어주다가 차차 일감이 많아지고 일의 규모가 커져서, 서강 종점 부근에 '엔젤'이라는 양장점을 차렸습니다. 김 시인은 양장점 일을 못 하게 하지는 않았지만, 그 일이 바빠 제때에 식사를 못 해드리면 가끔 신경질을 내었습니다.

결국 닭을 키웠던 것은 부패한 현실 속에서 은자(隱者)처럼 살고자 한, 현실적 고뇌 때문이 아니었나 생각됩니다. 양계를 그만둔 날 저는 큰 한숨을 쉬면서 이렇게 말했습니다.

"그동안 사람을 키웠더라면 이렇게 허전하지는 않을 것을."

그동안 양계로 연명은 했지만 남은 것은 아무것도 없었습니다. 오히려 연체된 사료 값만이 고스란히 남았으니까요. 닭을 많이 키울 땐 800여 마리나 키웠는데, 어떤 땐 사료 값이 10배로 뛸 때도 있었습니다. 남들 눈에 평화스러워 보이는 양계장 풍경과는 달리 전 너무나 일에 시달리고 바쁘기만 했습니다. 물론 우리나라 이웃인 일본이나 노르웨이, 덴마크 같은 복지 국가로 만들려고 나라 살림하는 분들이 그 얼마나 노력했습니까마는, 그 당시 김 시인이 쓴 시 고료의 대부분을 닭이 먹고 갔으니, 지금도 그 세월과 그 원고료가 아깝게 생각됩니다. 양계를 하는 동안 큰 기쁨이 있었다면 둘째 아들 우(瑀)가 태어난 일과 김 시인이 제1회 한국시인협회상을 받고 첫 시집『달나라의 장난』을 간행한 일이었습니다.

9

김 시인의 지난 생애를 살펴보면 그는 진정 타고난 시인이었다는 생각이 듭니다. 그는 어린 시절부터 비범한 암기력을 발휘해 주위 사람들을 놀라게 한 일이 한두 번이 아닙니다. 소년 과부로 김 시인을 키우시다시피 한 김 시인의 노고모님께서는 그이가 천자문(千字文)을 다섯 살 때 유창하게 암송했다고 합니다.

그러나 저는 그가 공부를 잘했다는 이야기보다 '항상 무엇인가를 궁금해하고, 말수가 적고, 늘 혼자서 멍하니 그늘에 있었다'는 얘기를 하고 싶습니다.

어의동 공립 보통학교(지금의 효제초등학교)에 다닐 때에도 늘 학업 성적은 1등을 하면서도 학우들을 리드하는 반장 노릇은 못 하고, 병약해서 그랬는지 늘 햇볕이 든 벽에 기대 있기를 좋아했다고 합니다. 햇빛을 쬐고 있는 그이의 목덜미에 솜털과 좁쌀이 돋아났다는 어머니의 말씀을 들었을 때, 전 어린 시절의 그이가 가엾게 느껴졌습니다.

그이는 전위적 현실 참여의 깃발을 높이 든 시인으로 알려져 있지만 그이의 타고난 정서의 깊이와 그 섬세함을 누가 따를 수 있겠습니까. 그이는 늘 그늘과 비애를 삼킨 위대한 서정을 깔고 시를 썼다고 생각합니다. 그이는 만들어진 시인이 아니라, 타고난 시인이었습니다. 시인으로 타고난 자신을 더 높

이고 극복하여 스스로를 위대한 시인으로 만든 사람이라고 저
는 굳게 믿고 있습니다.

　매일매일이 새로움에 대한 삶이었기에 그이에겐 많은 생활
이야기와 시가 있습니다. 시가 생활이요, 생활 또한 시가 아닐
수 없듯이 그이의 몸과 시는 항상 일치돼 있었습니다.

　처음 『예술부락(藝術部落)』이라는 문학지에 발표되었던 「묘
정(廟庭)의 노래」에서부터 1968년의 절명시(絶命詩)인 「풀」에 이
르기까지, 그 하나하나의 작품이 어떻게 쓰였는지 저는 너무나
잘 알고 있습니다. 이것만이 저의 크나큰 보람이 아니겠습니
까.

　한 편의 시나 산문이 완성되면 그는 덮어놓고 저를 부릅니
다. 그땐 제가 집 안에서 부엌일이든 무슨 일을 하고 있든지 간
에, 손을 멈추고 서재로 뛰어가야 합니다. 다른 이유가 있을 수
없습니다. 한참 부글부글 끓어오르는 밥솥도 일단 불에서 내려
놓고 달려가야만 됩니다.

　서재에 들어서자마자 저는 그이의 초고를 봅니다. 깨알같이
쓴 장문의 시. 그의 시를 정리해서 원고지에 깨끗이 옮기는 작
업이 저의 과업입니다. 몇 줄 안 되는 짧은 시일 때는 옮겨 쓰는
데 몇 분 걸리지 않아 아이들 시장기에 별 지장이 없었지만, 장
시나 산문은 몇 시간이 걸릴 때도 있어서 아이들이 배가 고프
다고 칭얼거리기도 했습니다. 한 편의 시가 완성될 때마다, 그
가 입버릇처럼 말한 '산고(産苦)'를 온 식구가 다 겪은 셈입니다.

1년이면 평균 10편에서 13편 정도의 시를 썼습니다. 그이의 불 같은 성미와 신경질적인 언사를 그이는 늘 '산고였다'고 말했습니다.

10

집에서는 술을 한 방울도 마시지 않고, 말수도 별로 없고, 거동이 조용하기만 한 그이가, 술만 취하면 너무나 무궁무진한 애교로 제 웃음을 자아냈습니다. 그이의 장기는 무성영화 시대의 변사 노릇이었습니다. 레퍼토리는 〈수일과 순애〉.

"순애야, 야, 이년아. 너는 돈에 눈이 멀었더냐? 순애야, 이 더러운 년아."

〈수일과 순애〉의 클라이맥스 대사를 어떻게 그토록 유창하고도 낭랑하게 잘하는지 모두 참으로 즐거워했습니다. 그러나 비위에 거슬린 술을 먹은 날의 그의 주사(酒邪)는 손을 쓸 수 없을 정도로 심했습니다. 그 주사의 대상이 저였기 때문에 저는 너무나 지쳐서 견디지 못해 이혼을 제시하고 한 열흘 정도 별거해본 적도 있습니다.

당신이 내린 결단(決斷)이 이렇게 좋군
나하고 별거(別居)를 하기로 작정한 이틀째 되는 날
당신은 나와의 이혼(離婚)을 결정하고

내 친구의 미망인의 빚보를 선 것을
물어주기로 한 것이 이렇게 좋군
집문서를 넣고 육(六)부 이자로 십(十)만 원을
물어주기로 한 것이 이렇게 좋군

(중략)
아내여 화해하자 그대가 흘리는 피에 나도
참가하게 해다오 그러기 위해서만
이혼(離婚)을 취소하자

　그이의 시 「이혼취소(離婚取消)」가 당시의 우리 부부를 잘 말해줍니다. 그이는 툭하면 거지가 되겠다고 집을 나가버리기도 했습니다. 진정한 자유와 비애를 가져야 시를 쓸 수 있다고 하시면서.

　그이는 몸도 돌아보지 않은 채 폭주를 한 시인이었습니다. 그는 술을 즐길 줄을 몰랐습니다. 술에 골탕을 먹고 늘 '금주(禁酒), 금주' 하다가 또 술에 골탕을 먹었습니다. 친구들과 이야기하고 싶으면 술을 먹는다고 했습니다. 가난한 시대에 가난한 시인들의 술자리란 안주는 소금이요, 독한 소주일 뿐입니다. 그이는 치질이라는 지병 때문에 술을 멀리해야 할 운명이었건만 일생 술에 대해서만은 철저하게 위반했습니다.

　"몸 생각 좀 하세요."

　외출하는 그이의 등 뒤에서 앵무새같이 똑같은 소리를 반복

했건만, 한 번쯤이라도 귀담아 들어주었던들!

그이는 때때로 '금주, 금연, 금다(禁茶)'라는 글자를 벽에 써 놓기도 했습니다.

안일과 무위(無爲)를 그는 제일 싫어했습니다. 술도 얻어먹는 술이 있고, 얻어먹지 않는 술이 있었습니다. 어느 무위도식하는 R이라는 분의 술은 아무리 돈이 없어도 피한 것으로 알고 있습니다.

그이가 술을 좋게 마시고 기분 좋게 들어오는 날 밤이면, 우리 집안은 무지개가 뜨는 듯 참으로 환하고 즐거운 집이 되었습니다. 그런 날이면 그는 두 아들을 숫제 광적으로 사랑합니다. 이 부실했던 아내까지도.

아이들과의 약속은 아무리 술에 곤드레만드레가 되어도 꼭 지켰습니다. '××수련장'이 필요하다면 여하한 곳이든 샅샅이 뒤져 구해가지고 오는 열성 아버지였습니다. 아이들의 학교에도 잘 갔습니다. 물론 담임선생님이나 아이들에게 들키지 않게 몰래몰래 갔다 와서는, 아이들의 거동을 지켜본 얘기를 제게 다정하게 하곤 했습니다.

그러나 술을 항상 기분 좋게 마실 수가 있겠습니까. 그이가 기분이 안 좋아 술을 마시고 들어온 날이면 우리 집은 지옥으로 변할 때도 있었습니다. 그래도 30대보다는 40대로 접어들면서 점점 주벽(酒癖)도 좋아져서 그의 주사는 그 기운을 점차 잃어갔습니다.

"요사이 젊은 시인들은 너무 얌전해서 걱정이야."

늘 이렇게 말씀하신 걸 보면, 젊은 시인들하고 어울리기를 좋아하신 것 같습니다.

그이는 술을 마시면 처음엔 별로 말이 없다가 잔이 돌고 술기운이 오르기 시작하면서부터 말이 터져 나옵니다. 시 얘기, 문단 얘기, 근간에 읽은 외국 작품 얘기, 그리고 현실 이야기……. 현실 이야기가 화제의 중심을 차지할 때쯤이면 그의 입에서는 침이 튀고 말이 봇물 터지듯 쏟아집니다.

자유당 욕과 이승만 욕을 퍼붓고 6·25 때 배운 노래를 목청껏 부릅니다. 누가 그런 노래를 부르면 안 된다고 제지하면, "노래도 못 부르고 정부 욕도 못 한다면, 불쌍한 문인들의 흥이 나 보라는 게요?" 하고 퉁명스럽게 맞받습니다.

주흥이 도도해지면 그이는 벌떡 일어나 만주에서 무대에 올렸던 연극 대사나, 앞에서 얘기한 무성영화의 변사 흉내를 내며 장장 몇십 분씩 읊어댑니다. 그이는 배우 같은 마스크로 손을 추켜올리는 제스처도 곁들입니다. 막판에는 그것도 모자라 술상 위로 올라가 그이의 십팔 번 노래인 '대동강 부벽루에……'를 읊어댑니다. 술상이 튼튼한 경우에는 별일 없지만, 부실한 경우에는 178센티미터나 되는 그이의 큰 키와 동작의 힘을 이겨내지 못하고 그만 술상이 찌그러져 술도 안주도 박살이 나버립니다.

11

그런데 그이는 집에서는 절대 술을 마시지 않았습니다. 그이가 집에서 술을 마시지 않는 건 집과 서재를 엄숙한 일터로 생각했기 때문입니다. 그는 열흘 또는 보름씩 두문불출한 채 끈기 있게 일을 했습니다. 밥벌이가 되는 일로는 주로 번역에 매달렸습니다. 얼마 동안 그렇게 일을 하다가는 몸도 풀고 머리도 식히기 위해 그이는 거리로 나갔습니다. 그래서인지 저는 술상 차릴 줄을 몰랐습니다. 모던한 실업인이셨던 제 친정아버님이 맥주 정도의 가벼운 음주를 하셨을 뿐이어서 저는 술상 차리는 일을 못 보고 자랐습니다. 그래서 김 시인이 집에서 술을 즐기지 않았는지도 모릅니다.

그이가 벼락 같은 성미를 부릴 땐, 시어머님과 시누이께서도 아무 말도 하시지 못하고, 벼락과 천둥이 가시는 하늘을 바라보는 심정으로 묵묵히 견뎌냈습니다. 그러면 구름이 가시고 바람도 가라앉은 조용한 아침이 오듯이, 그이는 책상머리에 고요히 단아하게 앉아 있었으며, 저는 그이의 그런 모습을 보고 안심하곤 했습니다.

김 시인은 집에서는 꼭 한복을 즐겨 입으셨습니다. 여름에는 모시옷보다 베옷을 좋아했고, 봄가을에는 옥양목이나 당목 고의바지 저고리를, 겨울에는 솜바지 저고리를 참으로 좋아하셨습니다. 비단보다는 수수한 목면 옷감으로 만든 한복을 부숭부

숭하게 입으셨습니다.

그런 김 시인의 마음가짐은 늘 무경 같은 소박한, 바로 그것이었는데, 그 소박함을 어떻게 자랑해야 좋을는지요. 정말 그이의 심상은 퓨리턴(청교도)했고, 그 자신 또한 영원한 퓨리턴트였습니다.

그이는 자신의 복장에 대한 섬세함도 있었습니다. 제가 다리미로 바지에 줄을 빳빳이 세워드리면, 다시 그 줄을 구기거나 죽여서 입을 정도였습니다.

그이의 일생에서 의식적으로 모양을 냈을 때가 종로2가, 박인환(朴寅煥) 시인이 경영하던 서점 '마리서사(茉莉書舍)'를 드나들 즈음으로 기억됩니다. 당시 해방 직후라 모두 일본 군복에 검정물을 염색해서 입고 지낼 때였으나, 김 시인은 하루에 두 번씩 옷을 갈아입고 깔끔한 복장으로 모자까지 쓰고 나타나곤 했습니다. 저의 친구였던 최영희(崔英憙 · 영문학자 최재서 씨의 장녀)도 저와 같이 '마리서사'에 자주 갔는데, 원래 이곳을 김 시인이 소개해주었습니다. 그땐 영희도 저도 스타일리스트들이라, 개성과 성격이 두드러진 옷차림에 무척 신경을 썼으며, 저는 위아래 하얀 옷을 잘 입고 다녔습니다. 옷에 따라 기분이 많이 좌우되던 젊은 시절이었지요.

김 시인의 경우, 하루는 샛노란 앙고라 조끼를 입고 있길래, 그게 얼마짜리냐고 물어보았더니 쌀 두 가마니 값이라고 해서 제가 깜짝 놀랐던 적도 있었습니다. 또 김 시인은 유달리 구두에 신경을 썼는데, 일생 동안 그 구두에 비위를 잘 맞춰드린 것 같습니다.

그이는 여자를 볼 때도 나름대로의 미적 기준이 있어서 손과 발이 예쁜 여자를 좋아했습니다. "오입을 해도 손발이 예쁘지 않으면 싫다."고 우스갯소리까지 한 적도 있습니다. 한번은 '시를 추천해달라'고 어떤 여대생이 찾아왔는데, 그 여대생이 손톱에 빨간 매니큐어를 칠했다고 시를 추천해주기는커녕 한바탕 야단을 쳐서 돌려보낸 적도 있었습니다. 생선같이 희고 맑은 손을 좋아한 게 아니라, 진정한 인간의 건강미를 느낄 수 있는 그런 손을 좋아한 것 같습니다.

그이는 가끔 저의 앉는 자세에 대해서도 주의를 주시곤 했습니다. 어느 복중(伏中) 염천(炎天)하에 우리는 바람이 잘 통하는 마루에 앉아 수박을 먹은 적이 있는데, 제가 더위를 참지 못하고 무심코 치맛자락을 올려 허벅지를 노출시키자, 그이는 제게 주의를 주셨습니다. 아이들 앞에서 얼마나 부끄러웠던지 지금도 그 일이 잊히지 않습니다.

그이는 새벽에 좁쌀을 쑤어서 만든 '조미음'을 먹었으며, 조반상이든 점심상이든 저녁상이든 그리 호화스럽지는 않더라도 격에 맞아야 했습니다. 까다롭다면 무척 까다로운 성미였지요.

가슴에 누운 풀꽃의 그리고

그이는 항상 행복한 사람보다는 불행한 사람을, 강한 사람보다는 약한 사람 쪽에서 매사를 처리하셨습니다. 그이는 가끔 머리를 빡빡 삭발하고 들어와서 저를 깜짝 놀라게 한 일도 있었습니다. 자기 자신에 대해서 부단한 정신의 연마와 최촉(催促)을 게을리하지 않는 것을 저는 그이 옆에서 늘 보고 배웠습니다.

그이는 앞서가는 시정신을 갖기 위해서 철학서는 물론, 새로운 문학 서적을 숙독하는 데에 여념이 없었습니다. 깊은 감동과 흥미를 준 책은, 읽고 난 후 서 푼어치에 팔아, 술을 마시는 괴벽도 있었습니다. 그이가 가장 싫어하는 것 중 하나는 보지도 않는 책을 유리장 안에 진열하고 학자연하는 그런 사람들을 가장 혐오했습니다.

그래도 그의 서재에는 무수히 많은 책들이 쌓여 있습니다. 편히 앉을 자리도 없을 정도로 방 안은 책으로 꽉 메워졌습니다. 그이는 책상이나 서가를 아무도 건드리지 못하게 했기 때문에 일하는 아이는 얼씬도 하지 못했으며, 늘 제가 조심스럽게 유리그릇 다루듯 서재 청소를 했습니다.

그이의 학구열은 지나칠 정도로 정열적이었습니다. 플라톤, 하이데거 등의 무거운 철학 서적을 숙독하는 시간을 얼마나 즐거워했는지 모릅니다. 밥벌이로 하고 있던 번역 일도 얼마나 열심히 했던지, 각 출판사의 편집자들로부터 두터운 칭찬도 자주 들었습니다. 그러자니 자연 집 자체가 직장이나 다름없었던 그는, 아무리 친한 친구가 찾아와도 집에서 만나는 일은 거의 없었습니다. 누가 찾아와도 '없다고 하라'며 그냥 돌아가게 했습니다. 우리 집 아이들까지도 그런 거짓말을 곧잘 했습니다.

한번은 시인 유정(柳呈) 씨가 달포쯤 불출(不出)한 그이를 찾아왔습니다. 마침 그이는 그때 안방에서 글을 쓰고 있었습니다. 그이는 이따금 제가 외출하고 없으면, 여편네 방인 안방에 소반을 갖다놓고 글을 쓰거나, 책이라도 읽어가면서 집을 잘 보아주었습니다. 걸레질도 잘 해주었고, 하고 나서는 아주 꼼꼼하게 비틀어 물기 없이 짜놓기도 했습니다.

그런데 작은아들 우가 '아버지가 안 계신다'고 유정 씨를 따돌렸습니다. 유정 씨의 아들과 우리 집 우와는 동갑내기였고, 유정 씨와 우리 집은 가끔 잘 어울려 식사를 함께하기도 하고, 어떤 해엔 창경원 벚꽃놀이도 같이 간 적이 있었습니다. 이런 친근한 사이임에도 불구하고 작은놈은 능숙한 연기 솜씨로 유정 씨를 그냥 돌아가게 했습니다. 너무나 훈련이 잘 돼 있었다고 할까요. 결국 먼 길을 온 유정 시인도 그만 문전소박을 받고 말았는데, 후일 그이가 유정 씨에게 사과는 물론, 벌술까지 낸 것으로 알고 있습니다.

또 한 번은 소설가 전병순(田炳淳) 여사가 박순녀(朴順女) 여사와 함께 처음으로 그이를 만나보고자 정종 한 병과 명태 한 두름을 들고 찾아왔습니다. 손님이 집에 찾아오는 것을 좋아하지 않는 그인 데다가 더욱이 그날은 번역 일에 쫓기고 있을 때였습니다.

저는 불안해서 안방과 서재를 왔다 갔다 하면서 그이의 눈치만 살피다가 조용히 때를 맞춰 박 여사와 전 여사를 모시고 왔노라고 전했습니다. 그이는 제 말을 듣고도 아무런 대꾸도 하지 않았습니다. 저는 손님들과 안방에서 서먹서먹하게 초조한 마음으로 한참 동안 앉아 있었습니다. 그러면서 저는 김 시인의 일상생활 얘기를 해주면서 일에 신이 들리면 밥 먹는 일마저 잊어버리는 때도 있으니, 오늘 오셨더라도 혹시 헛걸음칠 수도 있다고 미리 예방책을 강구하기도 했습니다.

그런데 그이가 안방으로 건너와 전 여사의 인사 소개를 받는 둥 마는 둥 하고는 신랄하게 꾸짖는 게 아니겠습니까.

"문학 하는 사람의 프라이드가 고작 술과 명태를 사 가지고 유명 문인을 찾아다니는 것이냐? 이건 정말 꼴불견이 아니냐?"

그의 일갈에 전 여사는 물론 저까지도 어디 쥐구멍이라도 있으면 들어가고 싶을 정도로 부끄러워 고개를 들어 올릴 수가 없었습니다. 그이는 범사의 하나하나가 이렇게 진지했습니다. 잡지나 신문지상에 발표되는 시는 꼭 빠짐없이 보시고 젊은 후배들에게 격려의 찬사도 아끼지 않았습니다.

그 뒤부터 그이와 전 여사는 무척 친해졌습니다. 어느 날 제가 양장점 일을 마치고 밤늦게 돌아와 보니, 그이와 전 여사가 안방에서 차를 마시고 있었습니다. 전 여사를 전송해주고 돌아온 그이가 "하도 달이 밝아 전병순 씨에게 뽀뽀를 하자고 했더니, 마음속으로 하세요." 하더라고 말했습니다.

저는 그런 얘기를 들으면서, 한 여자로서 왜 질투가 나지 않았는지……. 그것은 김 시인에 대한 저의 사랑과 믿음이 있었기 때문입니다. 그이는 일생동안 저를 두고 다른 여자 때문에 방황하지는 않았습니다. 그런 점에서 가슴 뿌듯하게 살아온 것 같습니다.

13

진정 우리 가족은 모두가 김 시인을 위해서 이 세상에 태어난 사람들이었습니다. 유별나게 인정스럽고 깊고도 맑은 인간미를 지닌 시어머님과 시누이, 둘째 시동생(김수성) 등 김 시인을 둘러싼 아름다운 이야기는 산더미같이 많습니다. 김 시인은 8남매 중에 장남이었으나 실질적인 장남 구실은 둘째 시동생이 도맡았고, 시누이도 무척이나 애를 써주셨습니다. 당시 동생들이 모두 학생들이어서 그들의 학비를 보태주어야 할 입장이었으나, 그이는 오히려 여러모로 동생들의 보호를 받는 셈이 되었습니다.

그래서 그이는 가족들에게 늘 속죄하는 마음으로, 늘 감사하는 마음으로 시를 쓰곤 했습니다. 지금도 도봉동 산기슭에 사시는 시어머님과 시누이는 저에겐 보석 같은 가족입니다. 곱고 고운 인정미로 명석하게 살 줄 아는 분들이기에, 저의 쓸쓸하고 메마른 마음에 늘 훈기를 던져줍니다. 저에 대한 그분들의 사랑노 언제나 김 시인에 대한 사랑 못지않습니다. 전 지난날 그이하고 툭탁거리고 난 후에, 아이를 업고 친정어머님께 달려가는 것이 아니라, 시어머님께 달려가서 저의 심정을 호소했습니다.

저의 그런 모습을 죽 보아온 시누이께서는 요즘도 가끔 그런 저를 놀리기도 합니다. 저는 오늘날까지 시댁 식구들의 훈훈한 마음에 의지하고 살아왔습니다. 오늘날 김 시인의 시에 위대한 진실의 힘이 있다면, 그의 시를 낳게 해준 가족들의 힘을 소중하게 생각하지 않을 수 없습니다. 김 시인이나 그의 가족 주변을 잘 아시는 분들은 지금 저의 이야기를 전적으로 납득하실 것입니다.

그의 시에 흐르고 있는 깊고도 진한 인간적 정서의 바탕은 늘 그의 핏속에서 흐르고 있다고 생각합니다. 저의 표현이 너무 둔탁하기 짝이 없지만, 그이의 시인으로서의 밑거름은 타고난 핏줄에 있다고 생각됩니다.

저는 지금 충북 보은 시골에 살고 있습니다. 우리나라 농민들이 언제 잘살게 되나 하고, 농민들의 마음이 평화롭게 활짝 피는 날이 언제인가 하고 김 시인을 기다리는 마음으로 살고 있습니다. 김 시인은 문명의 오염을, 서울의 오염을, 인간 정신의 오염을, 나아가 인류의 온갖 오염을 시로 행동으로 구체적으로 밀어붙이고 살다 간, 끈질긴 의지의 시인이었습니다. 저는 그이가 마지막으로 쓴 시 「풀」과 같이 살아가고자 합니다. 풀과 같이 강인한 의지로 김 시인의 높은 자유의 정신을, 흉내라도 좋으니 따라가고 싶습니다.

풀이 눕는다
바람보다도 더 빨리 눕는다
바람보다도 더 빨리 울고
바람보다 먼저 일어난다

한 시대를 열심히 다채롭게 살다 간 김 시인의 이야기는 파상형(波狀形)으로 물결쳐 흘러가듯, 우리의 가슴과 가슴속으로 흘러가면서 뜨거운 진실과 사랑을 던져주고 있다고 저는 믿고 있습니다.

그이가 가신 후, 그이가 내조의 덕을 보았다는 얘기는 함부로 할 말이 아니라고 봅니다. 진정한 시인에게 있어 편리한 생활 조건이란 아무런 힘이 되지 않는다는 것을 저는 지금 분명 깨닫고 있습니다. 그것은 편리하고 안일한 생활이야말로 시인에게 있어 오히려 독(毒)이 될 수 있다고 생각하기 때문입니다.

(『가정조선』, 1985년 5월호)

題

冬麥

金洙暎

내 몸은 아파서
태양에 비틀거린다

내 몸은 아파서
태양에 비틀거린다

믿는 것이 있기 때문이다
밀는 것이 있기 때문이다

光線의 微粒子와 粉末이
너무도 자욱하다

壓迫해주고
세상이다

뒤집어진 세상에
저 폭에서는
墮落도 안했

나는 비틀거리지도 않고
으리라

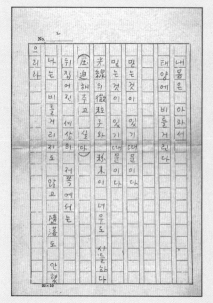

그러나
나의 이 눈에
마음을 휘덥는 싸우련

灼熱의 흙내가
있겠다

나는 여기에 있겠다
기까지는

햇빛에 눈은
겨울 버리에 쌓이
토고

깜아지는
껑껑 버리고
껑껑 리고
않으나

골짜기들은
푸르고
않지

구름의 흙을
뿜하고
있지 않은날

울고
울려울
새의 와

울고
간
새의

寒鴉
사이에서

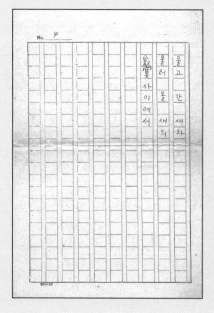

제4장

내가 뽑은 아포리즘

「자장가」

내가 뽑은 아포리즘

죽음이 없으면 사랑이 없고 사랑이 없으면 죽음이 없다.

—「나의 연애시」

흙은 모든 나의 마음의 때를 씻겨준다. 흙에 비하면 나의 문학까지도 범죄에 속한다. 붓을 드는 손보다는 삽을 드는 손이 한결 다정하다. 낚시질도 등산도 하지 않는 나에게는 이 아우의 농장이 자연으로의 문을 열어주는 유일한 성당이다. 여기의 자연은 바라보는 자연이 아니라 싸우는 자연이 돼서 더 건실하고 성스럽다. 아니, 건실하니 성스러우니 하고 말할 여유조차도 없다. 노상 바쁘고 노상 소란하고 노상 실패의 계속이고 한시도 마음을 놓을 틈이 없다.

—「반시론(反詩論)」

오늘날의 시가 골몰해야 할 가장 큰 문제는 인간의 회복이
다.

— 「생활 현실과 시」

누가 예술가의 가난을 자발적 가난이라고 부른 것을 기억하
고 있는데, 나의 경우야말로 자발적 감금 생활, 혹은 적극적 감
금 생활이라고 할 수 있을 것 같다. 그래서 나는 한적한 새벽 거
리에서 잠시나마 이방인의 자유의 감각을 맛본다.

— 「반시론」

모든 진정한 시는 무의미한 시이다.

— 「변한 것과 변하지 않은 것」

또 나는 흥분하고 말았다. 흥분도 상품이 되는 경우가 있다.
이것도 사기다. 그러나 이것만은 그만두어야 한다. 이것이야말
로 진짜 죽느니만도 못하다. 그러나 상품으로서의 흥분을 의식
하면서 흥분하는 익살 광대짓도 있지만 좌우간 피로하다.

— 「반시론」

한국의 언론 자유? Goddamn이다!

— 일기, 1960년 10월 18일

시(詩)는 미지의 정확성이며 후퇴 없는 영광이다.

—「시작(詩作) 노트 2」

하여간 악마의 작업을 통해서라도 내가 밝히고 싶은 것은 나의 위치이다.

—「무제」

'사람은 죽을 곳을 알아야 한다'는 말은, 사람은 자기만이 죽을 수 있는 장소와 때를 알아야 한다는 말이 되는데 이 말을 시에다 적용하는 경우에는 '자기 나름'으로, 즉 자기의 나름의 스타일을 가지고 죽어야 한다는 말이 된다.

—「시 월평―'죽음과 사랑'의 대극은 시의 본수(本髓)」

나는 사랑을 배우기 시작하는 단계에 있다. 그를 진정으로 사랑하려면 그와 나 사이에 가로놓여 있는 무서운 장해물부터 우선 없애야 한다. 그 장해물은 무엇인가.

지금 나를 태우고 있는 것이 무엇인가?
욕심, 욕심, 욕심.(뢰스케의 시에서)

욕심이다. 이 욕심을 없앨 때 내 시에도 진경(進境)이 있을 것이다. 딴사람의 시같이 될 것이다. 딴사람—참 좋은 말이다. 나는 이 말에 입을 맞춘다.

—「생활의 극복」

모든 창작 활동은 감정과 꿈을 다루는 것이다. 그리고 이 감정과 꿈은 현실상의 척도나 규범을 넘어선 것이다.

—「창작 자유의 조건」

'제정신'을 갖고 산다는 것은, 어떤 정지된 상태로서의 '남'을 생각할 수도 없고, 정지된 '나'를 생각할 수도 없는 일이다. 엄격히 말하자면 '제정신을 갖고 사는' '남'도 그렇고 '나'도 그렇고, 그것이 '제정신을 가진' 비평의 객체나 주체가 되기 위해서는 창조 생활(넓은 의미의 창조 생활)을 한다는 전제가 필요하다. 그리고 이러한 모든 창조 생활은 유동적이고 발전적인 것이다. 여기에는 순간을 다투는 어떤 윤리가 있다. 이것이 현대의 양심이다.

—「제정신을 갖고 사는 사람은 없는가」

고독이나 절망도 마음대로 되는 것이 아니다. 고독이나 절망이 용납되지 않는 생활이라도 그것이 오늘의 내가 처하고 있는 현실이라면 조용히 받아들이는 것이 오히려 순수(純粹)하고 남자다운 일이라고 생각한다. 이러한 위도(緯度)에서 나는 나의 생활을 향락하고 사람을 사랑하는 법을 배운다.

—「무제」

아아 행동에의 개시, 문갑을 닫을 때 뚜껑이 들어맞는 딸각 소리가 그대가 만드는 시 속에서 들렸다면 그 작품은 급제한 것이라는 의미의 말을 나는 어느 해외 사화집(詞華集)에서 읽은 일이 있는데, 나의 딸각 소리는 역시 행동에의 계시다. 들어맞지 않던 행동의 열쇠가 열릴 때 나의 시는 완료되고 나의 시가 끝나는 순간은 행동의 계시를 완료한 순간이다. 이와 같은 나의 전진은 세계사의 전진과 보조를 같이한다. 내가 움직일 때 세계는 같이 움직인다. 이 얼마나 큰 영광이며 희열 이상의 광희(狂喜)냐.

—「시작 노트 2」

나의 진정한 비밀은 나의 생명밖에는 없다. 그리고 내가 참말로 꾀하고 있는 것은 침묵이다. 이 침묵을 지키기 위해서라면 어떤 희생을 치러도 좋다. 그대의 박해를 감수하는 것도 물론 이 때문이다. 그러나 그대는 근시안(近視眼)이므로 나의 참뜻이 침묵임을 모른다.

—「시작 노트 6」

나의 시 속에 요설(饒舌)이 있다고들 한다. 내가 소음을 들을 때 소음을 죽이려고 요설을 한다고 생각해주기 바란다. 시를 쓰는 도중에도 나는 소음을 듣는다. 한 1초나 2초가량 안 들리는 순간이 있을까. 있다고 하기도 없다고 하기도 말하기 어려운 문제다. 이것을 말하면 '문학'이 된다. 그러나 내 시 안에 요설이 있다면 '문학'이 있는 것이 된다. 요설은 소음에 대한 변명이고 요설에 대한 변명이 '문학'이 된다고 말할 수 있다. 「시 노트」 같은 것을 원수같이 생각하는 이유가 여기 있다.

—「시작 노트 7」

나에게 있어서 소음은 훈장이다. 그래도 수양이 모자라는 나는 글 쓰는 친구들이 우리 집에 간혹 놀러 와서 너의 집도 조용하지 않구나 하는 소리를 하면 본능적으로 부끄러워진다. 불안해지는 것이다. 역시 내 머릿속에는 내가 글 쓰는 사람이라는 선입견이 뿌리 깊이 들어 있는 모양이다. 아직도 나는 이 정도로 허영이 있고 속물이다.

—「시작 노트 7」

가장 진지한 시는 가장 큰 침묵으로 승화되는 시다. 시를 행할 수 있는 사람의 경우를 생각해보더라도 지금의 가장 진지한 시의 행위는 형무소에 갇혀 있는 수인(囚人)의 행동이 극치가 될 것이다. 아니면 폐인이나 광인, 아니면 바보.

—「제정신을 갖고 사는 사람은 없는가」

헛소리가 헛소리가 아닐 때가 온다. 헛소리다! 헛소리다! 헛소리다! 하고 외우다 보니 헛소리가 참말이 될 때의 경이. 그것이 나무아미타불의 기적이고 시의 기적이다. 이런 기적이 한 편의 시를 이루고, 그러한 시의 축적이 진정한 민족의 역사의 기점(起點)이 된다. 나는 그런 의미에서는 참여시의 효용성을 신용하는 사람의 한 사람이다.

—「시여, 침을 뱉어라」

진정한 현대성은 생활과 육체 속에 자각되어 있는 것이고, 그 때문에 그 가치는 현대를 넘어선 영원과 접한다.

—「진정한 현대성의 지향」

'사람은 바빠야 한다'는 철학을 나는 범속한 철학이라고 보지 않는다. 풍경을 볼 때도 바쁘게 보는 풍경이 좋다. 일을 하다가 잠깐 쉬는 동안에 보는 풍경, 그리고 다시 아무렇지도 않은 듯이 일을 계속하게 하는 풍경, 다시 말하자면 그것은 일을 하면서 보는 풍경인 동시에 풍경 속에서 일을 하는 것이다. (중략)

아무 일도 안 하느니보다는 도둑질이라도 하는 게 낫다는 유명한 말이 있지만, 하여간 바쁘다는 것은 참 좋은 일이다. 우선 풍경을 뜻있게 보기 위해서만이라도 참 좋은 일이다. 그러나 이왕이면 나만 바쁜 것이 아니라, 모두 다 바쁜 세상이 됐으면 좋겠다. 나만 바쁘다는 것은 이런 세상에서는 미안한 일이 되고, 어떤 때에는 수치스러운 일이 되기까지도 한다. 그러나 모두 다 바쁘다는 것은 사랑을 낳는다.

—「장마 풍경」

산문이란, 세계의 개진이다.

—「시여, 침을 뱉어라」

우리에게 있어서 정말 그리운 건 평화이고, 온 세계의 하늘과 항구마다 평화의 나팔소리가 빛날 날을 가슴 졸이며 기다리는 우리들의 오늘과 내일을 위하여 시는 과연 얼마만한 믿음과 힘을 돋구어줄 것인가.

— 현대시 9인집『평화에의 증언』

내가 정말 멋있을 때는 이런 소음의 모델의 장면도 생각이 나지 않고 일에 열중하고 있을 때일 것이다. 정신이 집중될 때가 가장 멋있는 순간이다. 그러니까 죽는 때가 가장 멋있는 때가 될 것이고, 그리고 보면 사람은 적어도 일생의 한 번은 멋있는 때를 경험하게 된다. 따라서 모든 사람은 멋쟁이라는 멋의 평등의 귀결이 나오게 된다.

—「멋」

시작(詩作)은 '머리'로 하는 것이 아니고 '심장'으로 하는 것도 아니고 '몸'으로 하는 것이다. '온몸'으로 밀고 나가는 것이다. 정확하게 말하자면, 온몸으로 동시에 밀고 나가는 것이다.

— 「시여, 침을 뱉어라」

시도 시인도 시작하는 것이다. 나도 여러분도 시작하는 것이다. 자유의 과잉을, 혼돈을 시작하는 것이다. 모깃소리보다도 더 작은 목소리로 시작하는 것이다. 모깃소리보다도 더 작은 목소리로 아무도 하지 못한 말을 시작하는 것이다. 아무도 하지 못한 말을, 그것을……

— 「시여, 침을 뱉어라」

시는 문화를 염두에 두지 않고, 민족을 염두에 두지 않고, 인류를 염두에 두지 않는다. 그러면서도 그것은 문화와 민족과 인류에 공헌하고 평화에 공헌한다. 바로 그처럼 형식은 내용이 되고 내용이 형식이 된다.

— 「시여, 침을 뱉어라」

시인은 영원한 배반자다. 촌초(寸秒)의 배반자다. 그 자신을 배반하고, 그 자신을 배반한 그 자신을 배반하고, 그 자신을 배반한 그 자신을 배반한 그 자신을 배반하고……이렇게 무한히 배반하는 배반자. 배반을 배반하는 배반자…… 이렇게 무한히 배반하는 배반자다.

—「시인의 정신은 미지(未知)」

모 여류 시인한테 나는 "한국에 언론 자유가 있다고 봅니까?" 하고 물었더니 그 여자 허, 웃으면서 "이만하면 있다고 볼 수 있지요." 하는 태연스러운 대답에 나는 내심 어찌 분개를 하였던지 다른 말은 다 잊어버려도 그 말만은 3, 4년이 지난 오늘까지 잊어버리지 않고 있다. 시를 쓰는 사람, 문학을 하는 사람의 처지로서는 '이만하면'이란 말은 있을 수 없다. 적어도 언론 자유에 있어서는 '이만하면'이란 중간사(中間辭)는 도저히 있을 수 없다. 그들에게는 언론 자유가 있느냐 없느냐의 둘 중의 하나가 있을 뿐 '이만하면 언론 자유가 있다'고 본다는 것은, 쉽게 말하면 그 자신이 시인도 문학자도 아니라는 말밖에는 아니 된다.

—「창작 자유의 조건」

불쌍한 저 아이가 저렇게 정중한 우대를 받고 사람 대우를 받는 것은 무허가 이발소에서밖에 있으랴 하는 측은한 감이 들고, 사람이 얼마나 귀중한 것인가를 얼마나 까마득하게 잊어버리고 있는 우리들인가 하는 원시적인 겸손한 반성까지도 든다. 참 할 일이 많다. 정말 할 일이 많다! 불필요한 어리석은 사랑의 일이!

—「무허가 이발소」

언어를 통해서 자유를 읊고, 또 자유를 산다. 여기에 시의 새로움이 있고, 또 그 새로움이 문제되어야 한다. 시의 언어의 서술이나 시의 언어의 작용은 이 새로움이라는 면에서 같은 감동의 차원을 차지하게 된다. 따라서 우리의 생활 현실이 담겨 있느냐 아니냐의 기준도, 진정한 난해시냐 가짜 난해시냐의 기준도 이 새로움이 있느냐 없느냐에서 결정되는 것이다. 새로움은 자유다, 자유는 새로움이다.

— 「생활 현실과 시」

자기의 죄에 대해서 몸부림은 쳐야 한다. 몸부림은 칠 줄 알아야 한다. 그리고 가장 민감하고 세차고 진지하게 몸부림을 쳐야 하는 것이 지식인이다.

— 「제정신을 갖고 사는 사람은 없는가」

그중에서도 고은을 제일 사랑한다. 부디 공부 좀 해라. 공부를 지독하게 하고 나서 지금의 그 발랄한 생리와 반짝거리는 이미지와 축복 받은 독기(毒氣)가 죽지 않을 때, 고은은 한국의 장 주네가 될 수 있다. 철학을 통해서 현대 공부를 철저히 하고 대성(大成)하라. 부탁한다.

— 고은에게 보내는 편지(1965. 12. 24)

　　모든 언어는 과오다. 나는 시 속의 모든 과오인 언어를 사랑
한다. 언어는 최고의 상상이다. 그리고 시간의 언어는 언어가
아니다. 그것은 삼정적인 과오다. 수정될 과오. 그래서 최고의
상상인 언어가 일시적인 언어가 되어도 만족할 줄 안다.

—「가장 아름다운 우리말 열 개」

　　시인의 스승은 현실이다. 나는 우리의 현실이 시대에 뒤떨어
진 것을 부끄럽고 안타깝게 생각하지만, 그보다도 더 안타깝고
부끄러운 것은, 이 뒤떨어진 현실을 직시하지 못하는 시인의
태도이다. 오늘날의 우리의 현대시의 양심과 작업은 이 뒤떨어
진 현실에 대한 자각이 모체가 되어야 할 것 같다. 우리 현대시
의 밀도는 이 자각의 밀도이고, 이 밀도는 우리의 비애, 우리만
의 비애를 가리켜준다. 이상한 역설 같지만 오늘날 우리의 현
대적인 시인의 긍지는 '앞섰다'는 것이 아니라 '뒤떨어졌다'는
것을 의식하는 데 있다. 그가 '앞섰다'면 이 '뒤떨어졌다'는 것
을 확고하고 여유 있게 의식하는 점에서 '앞섰다'. 세계의 시 시
장(市場)에 출품된 우리의 현대시가 뒤떨어졌다는 낙인을 받는
것을 두려워하기 전에, 우리들에게는 우선 우리들의 현실에 정
직할 수 있는 과단과 결의가 필요하다. 우리의 현대시가 우리
의 현실이 뒤떨어진 것만큼 뒤떨어지는 것은 시인의 책임이 아
니지만, 뒤떨어진 현실에서 뒤떨어지지 않은 것 같은 시를 위

조해 내놓는 것은 시인의 책임이다.

―「시 월평―모더니티의 문제」

　「성(性)」이라는 작품은 아내와 그 일을 하고 난 이튿날 그것에 대해서 쓴 것인데 성 묘사를 주제로 한 작품으로는 처음이다. 이 작품을 쓰고 나서 도봉산 밑의 농장에 가서 부삽을 쥐어 보았다. 먼첨에는 부삽을 쥔 손이 약간 섬뜩했지만 부끄럽지는 않았다. 부끄럽지는 않다는 확신을 가지면서 나는 더욱더 날쌔게 부삽질을 할 수 있었다. 장미나무 옆의 철망 앞으로 크고 작은 농구(農具)들이 보랏빛 산 너머로 지는 겨울의 석양빛을 받고 정답게 빛나고 있다. 기름을 칠한 듯이 길이 든 연장들은 마냥 다정하면서도 마냥 어렵게 보인다.

　그것은 프로스트의 시에 나오는 외경(畏敬)에 찬 세계다. 그러나 나는 프티 부르주아적(的)인 '성(性)'을 생각하면서 부삽의 세계에 그다지 압도당하지 않을 만한 자신을 갖는다. 그리고 여전히 부삽질을 하면서 이것이 농부의 흉내가 되어서는 안 되겠다고 생각한다. (중략) 나는 농부가 아니다. 그렇기 때문에 부삽질을 한다. 진짜 농부는 부삽질을 하는 게 아니다. 그는 자기의 노동을 모르고 있다. 내가 나의 시를 모르듯이 그는 노동을 모르고 있을 것이다.

―「반시론」

내가 뿔은 아포리즘

189

내가 아름답다고 생각하는 말들은 아무래도 내가 어렸을 때에 들은 말들이다. 우리 아버지는 상인이라 나는 어려서 서울의 아래대의 장사꾼의 말들을 자연히 많이 배웠다. '마수걸이', '에누리', '색주가', '은근짜', '군것질', '총채' 같은 낱말 속에는 하나하나 어린 시절의 역사가 스며 있고 신화가 담겨 있다. 또한 '글방', '서산대', '벼룻돌', '부싯돌' 등도 그렇다.

그러나 이런 향수에 어린 말들은, 현대에 있어서 '아름다운 것'의 정의ー즉, 쾌락의 정의ー가 바뀌어지듯이 진정한 아름다운 말이라고는 할 수 없다. 그런 것을 아무리 많이 열거해보았대야 개인적인 취미나 감상밖에는 되지 않고 보편적인 언어미가 아닌 회고미학(回顧美學)에 떨어지고 마는 것이 고작이다.

그러면 진정한 아름다운 우리말의 낱말은? 진정한 시의 테두리 속에서 살아 있는 낱말들이다. 그리고 그런 말들이 반드시 순수한 우리 고유의 낱말만이 아닌 것은 물론이다. 이 점에서 보아도 민족주의의 시대는 지났다. 요즘의 정치 풍조나 저널리즘에서 강조하는 민족주의는 이것과는 다르다. 그것은 미국과 소련의 세력에 대한 대칭어에 지나지 않는다.

ー「가장 아름다운 우리말 열 개」

우리나라에 지식인이 없지는 않은데 그 존재가 지극히 미약하다. 지식인의 존재가 미약하다는 것은 그들의 발언이 민중의 귀에 닿지 않는다는 말이다. 닿는다 해도 기껏 모깃소리 정도로 들릴까 말까 하다는 것이다. 이렇게 지식인의 소리가 모깃소리만큼밖에 안 들리는 사회란 여론의 지도자가 없는 사회이며, 따라서 진정한 여론이 성립될 수 없는 사회다. 즉 여론이 없는 사회다. 혹은 왜곡된 여론만이 있는 사회다. 우리나라의 소위 4대 신문의 사설이란 것이 이런 왜곡된 가짜 여론을 매일 조석으로 제조해내는 것을 업으로 삼고 있는 사람들에 의해서 씌어지고 있다. 이것을 진정한 여론이라고, 민주주의 사회의 여론이라고 생각하는 지식인들이 더도 말고 우리나라의 문학하는 사람들 중에서만도 허다하게 있는 것을 알고 있는데. 이런 사람들이 내가 말하는 지식인이 아닌 것은 물론이다.

—「모기와 개미」

전위적(前衛的)인 문화가 불온하다고 할 때, 우리의 머리에 떠오르는 것은 재즈 음악, 비트족, 그리고 60년대의 무수한 안티 예술들이다. 우리들은 재즈 음악이 소련에 도입된 초기에 얼마나 불온시당했던가를 알고 있고, 추상미술에 대한 흐루시초프의 유명한 발언을 알고 있다. 그리고 또한 암스트롱이나 베니 굿맨을 비롯한 전위적인 재즈맨들이 모던 재즈의 초창기에 자유국가라는 미국에서 얼마나 이단자 취급을 받고 구박을 받았는가를 알고 있다.

그리고 이런 재즈의 전위적 불온성이 새로운 음악의 꿈을 추구하는 표현이었다는 것을 알고 있다. 이러한 예는 재즈에만 한한 것이 아닌 것은 물론이다. 베토벤이 그랬고, 소크라테스가 그랬고, 세잔이 그랬고, 고흐가 그랬고, 키에르케고르가 그랬고, 마르크스가 그랬고, 아이센하워가 해석하는 사르트르가 그랬고, 에디슨이 그랬다.

이러한 불온성은 예술과 문화의 원동력이 되는 것이고 인류의 문화사와 예술사가 바로 이 불온의 수난의 역사가 되는 것이다.

—「'불온성(不穩性)'에 대한 비과학적인 억측」

詩
여름아침
金洙暎

여름아침의 시골은
햇살을 帽子같이
이고
앉인 사람들
이 밥을 끄르고

우리 집에도 어제 깨는
나는 지금 간밤의 쓰디쓴 噯覺과
円滑하게 굳은 산등성이를 바라보며
聽覺과 味覺과 統覺 마저 잊어버리
물을 뜨러 나온 검어 젖는지 모르
어느 틈에 저렇게 둥리 사람들의 얼굴을
닮아 간다

뜨거워질 햇살이 산위를 걸어 내려
온다.
가장 아름다운 나의 경제...
나는 나의 경제를 쉬운 目的인 時間우에서
生覺하며 사이를 무겁게 容赦하지 않는
밭고랑 사이를 타야할 階級을...

天國도 地獄도 너무나 가까운 곳.
사랑을 잃어 轉線에 없는 靈魂이 되어
차라리 뿌리고 밭을 갈자.
하고 아침에는
여름 아침에는
慈悲로운 하늘이 無數한 우리들의
家業을 지킬리라.

단 한잔의 家業을 지으리라.

「여름 아침」

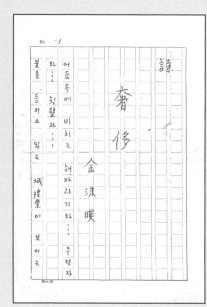

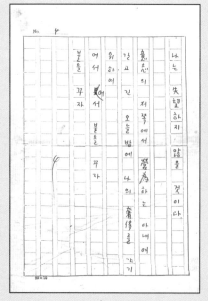

「사치」

제5장

기억의 삽화들

파리 에펠탑 앞에서(1990.7)

프라하 볼타바강에서(1996.10)

기억의 삽화들

***

여학교 다닐 때 동경에 있던 수영이 처음 보내온 편지엔 책이 한 권 선물로 동봉되어 있었다. 러스킨의 『깨와 백합』. 책을 읽은 뒤 감상문을 써서 보내라는 내용이었다. 내 감상 글을 읽은 그에게서 다시 편지가 왔다. 아마 처음이자 마지막 받아본 최상의 칭찬이었을 것이다.

***

김순남에게 김수영을 어떻게 생각하느냐고 물었더니 "응, 그 회색분자?" 하고 대답하는 것이었다. "회색분자라니요?" 재차 물었더니 그는, "뭐랄까, 생각이 너무 많아." 하고 갈무리를 했다. 더 따져 묻지는 못했다. 왜냐하면 평가하는 김순남의 눈빛에 애정과 호의가 가득 차 있었기 때문이다. 북에서 '김일성 찬가'를 작곡하라는 지령이 떨어졌는데 어찌할까 고민을 하다가 결국은 거절을 했던 무렵이니 김순남이 월북을 하기 직전의 일로 기억한다.

***

환도 후 아직도 생활의 기본 질서도 잡히지 못한 채 그해 겨울은 추위와 굶주림의 시달림 속에 우리 가족은 늘 비참하였다. 그러나 문학에 대한 김 시인의 소신은 더욱 완고해져만 갔다. 그 무렵 소설을 써보려고 무던히도 노력했었다. 매일매일 적어놓은 일기는 한 편의 훌륭한 단편소설감이 되었다. 거기에는 착한 사람들의 올바른 삶을 위해 고민하는 뜻있는 실험들이 빼곡히 적혀 있었다. 당시에는 어려운 살림에 여러 식구들이 작은 하꼬방에 기거할 때였는데 그에게만은 늘 독방을 내주었다. 독방에서 꼬박 되살려진 문학에 대한 진지한 노력과 투지는 그 무엇과도 타협이 안 되었다.

***

집에서는 주로 놋그릇을 썼다. 유리나 사기로 된 그릇은 쓰고 싶어도 그러지 못했다. 김 시인은 화가 나면 그것이 재떨이든 물 컵이든 보이는 대로 집어 던지는 습관이 있었기 때문이다. 어느 겨울에는 친정어머니가 아프다는 이야기를 듣고 친정에 갔다가 밤늦어서야 집으로 들어온 적이 있었다. 어찌나 눈이 많이 내리는지 돌아오는 길이 더욱 더뎠다. 김 시인은 툇마루에 나와 앉아 굳은 표정으로 서재에 꽂혀 있던 책들을 한 권, 한 권 던지고 있었다. 얼마나 오래 던졌는지 마당에 책이 한가득 쌓여 눈을 뒤집어쓰고 있었다. 나는 부랴부랴 그 책들을 비닐로 덮어두고 김 시인에게 늦은 저녁상을 차려주었다. 저녁을 다 먹은 김 시인은 언제 화가 났었냐는 듯 책상에 다리를 올려 꼬고 천진난만한 표정으로 책을 읽고 있었다.

김 시인은 늘 괴팍하기만 했던 것은 아니다. 어느 아침에는 동네 여인들이 가득 나와 있는 빨래터에서 빨래를 하고 집으로 돌아가려는데 그가 머쓱한 표정으로 다가왔다. 그러고는 빨래가 든 양동이를 받아 들고 한 걸음 앞서 걸어갔다. 내 마음이 다 빨래가 된 듯한 그날의 청신한 느낌을 나는 고스란히 간직하고 있다.

***

그는 누구보다도 생활을 서민적으로 소박하게 사랑스럽게 살아가는 것을 좋아했다. 내가 시장에 장 보러 가면서 가끔 유혹을 하면 즐겁게 따라다니면서 먹을 것을 많이 사라고 재촉하는 것이었다. 생선 보따리건 야채 보따리건 체면 같은 건 일체 불문이었으니 그는 일꾼이 되고 나는 돈을 지불하는 귀부인 행세가 되는 것이었다.

***

김 시인은 젊은 시절에 한때 의사가 되겠다고 마음먹은 적이 있었다. 그래서 수용소에서도 야전병원장 통역을 맡고 있었지만, 통역하는 일보다 환자를 돌보며 그들 곁에 있기를 더 원했다. 1951년 초봄에는 수용소가 거제도에서 부산으로 이동하였는데, 통역 일을 하는 한편 틈틈이 간호원들을 도와 환자들의 뒤치다꺼리도 하고, 그녀들과 거즈를 개기도 했다. 어느 정보원이 "사내새끼가 거즈나 개고 있느냐"고 하면서 포로 경찰이 되라고 권유했으나 거절했다고 한다. 경찰이나 정보원보다 간호원들과 일하며 환자들을 돌보는 일이 그로선 더 기쁜 일이었다. 그는 병원장 통역관이었기 때문에 의약품 창고의 열쇠도 도맡아 가지고 있었으나, 한 알의 의약품도 탐내지 않았다. 그때 그 야전병원장이 본국으로 귀국하면서 파카 만년필을 그에게 주며 "당신은 성인(聖人)"이라고 했다고 한다.

***

    술에 취해 돌아오면 가장 먼저 손수건으로 곱게 싼 틀니를 주머니 속에서 꺼내 물 컵에 넣어두었다. 물속에 넣어두어야 다시 낄 때 부드럽게 껴진다는 게 그의 이야기였다. 틀니는 거제 포로수용소의 제14야전병원, 미군 외과병원장이 직접 해준 것이었다. 간간이 통역을 하며 평소에는 간호원과 거즈를 개는 것이 김 시인의 수용소 생활의 전부였다. 정말 삶이 지루해서 였을까? 아니면 삶다운 삶이 그리워서였을까? 김 시인은 자신의 치아를 스스로 뽑아가며 그 시기를 건넜다.

    술을 마시면 속사포처럼 말을 내뱉는 성격 탓에 김 시인은 늘 틀니를 빼놓고 있었다. 때로는 술 주전자 속이나 물 주전자 속에 넣어두어 자리를 하던 사람들이 봉변 아닌 봉변을 당하는 일도 많았다. 김 시인이 술을 마시고 돌아온 어느 새벽, 방에서 고함이 들려왔다. 김 시인은 나에게 틀니를 어디에다 두었냐고 물어왔다. 내가 알 리가 만무했다. 나는 성이 날 대로 난 김 시인의 손을 잡고 지난밤 술을 마셨던 술집을 모조리 뒤지고 다녔다. 명동의 다방부터 청진동 해장국집까지 다. 가장 마지막으로 들렀다는 술집에 갔을 때 이미 그곳은 장사를 마감하고 청소를 하고 있었다. 그 당시 사람들은 '의치'가 무엇인지 '틀니'가 무엇인지 알지도 못했다. 가게를 아무리 뒤져보아도 나오지 않았고 김 시인은 울상이 되어 있었다. 그때 가게의 큰 막

걸리 통 바닥에 김 시인의 틀니가 빠져 있는 것을 발견했다. 그
술로 장사를 했던 직원들도 놀라며 입을 쩍 벌렸다. 술독에 빠
진 틀니를 다시 우물우물 끼고 김 시인은 그제서야 아이처럼
웃었다.

***

번역 일을 후세들을 위해서 자기 일생의 대업(大業)으로 정진
하고자 애를 썼다. 훌륭한 책을 훌륭한 번역으로 완성하고 싶
어 했다. 사이비 번역을 아니 하였다. 시를 쓰고 책을 읽으면서
번역을 쉴 사이도 없이 부지런히 해나갔다. 나는 그의 꾸준히
정진하는 자세가 정말 좋았다. 그가 방에서 일심전력으로 번역
을 하고 있을 때 내가 살며시 홍당무나 무 토막을 잘라서 깎아
다 주면 고마워서 그 큰 눈에 눈물이 글썽글썽 고이는 것이었
다. 그 당시 우리는 무척 가난했기 때문에 과일은 우리 생활에
그림의 떡에 불과했다.

***

부정한 돈은 한 푼도 벌지 아니한 그에게도 가끔 번역료가
듬뿍 들어오는 날이 있었다. 그런 날이면 그에게도 생기가 넘
쳐났다. 돈 쓰는 솜씨는 마치 물 쓰는 솜씨와 같았다. 자기는 낭

비를 사랑한다고까지 말했다. 빈곤도 사랑하고 낭비도 사랑하니 돈이 몇만 원 주머니 속에 들어왔다 할지라도 그것은 잠깐 빈 주머니 속을 스쳐 가는 태풍에 불과하였다. 그러니 그것은 순간의 일이고 장구한 몇십 년 동안 단돈 삼십 원의 여유를 갖지 못했다. 몇 년 전 그가 쓴 시에, 삼십 원의 돈을 주머니 속에서 발견하고 여유가 생겼다고 쓴 시도 있었으니, 빈 주머니 속을 휴식이라고도, 진짜 여유라고도 하였다. 그러니 나는 그를 큰 애기라고 부르며 가끔 웃어주었다. 애교가 무궁무진한 것이다.

***

1964년 이종구 씨가 동아방송 시사촌평 프로그램을 진행할 때 김 시인과 나는 그의 방송을 즐겨 들었다. 이종구 씨가 누구인가. 생각만 해도 심란해지는 그에 대해 묵은 앙금이 없지 않았으련만, '한일회담'을 비판하는 방송을 들을 때는 개인적인 감정을 떠나 속이 다 시원하다고 칭찬을 아끼지 않았다. 일반적인 부부 관계로선 도무지 상상도 할 수 없는 대목일 것이다. 재결합한 뒤, 김 시인은 지난 일들에 대해선 일체 함구했다. '지금, 이 순간'을 가장 충일하게 사는 것이 그의 사랑의 방식이었다는 생각이 든다.

***

잔병치레가 많았다. 유년 시절엔 장질부사에 폐렴, 뇌막염 까지 앓았는데 고종의 어의였던 '유기영 의원'을 다니며 간신히 살아났다는 말을 시어머니에게서 들은 일이 있다. 보통학교 졸 업식에도 참석하질 못했다고 하니 얼마나 병약한 소년이었는 지 알 수 있다. 젊은 날부터 고생한 치질은 물론이고 위산 과다 와 대장염, 기관지염도 자주 앓았다. 특히 기관지염은 아예 달 고 살았다고 해도 과장이 아닐 것이다. "기침을 하자/젊은 시인 이여 기침을 하자/눈 위에 대고 기침을 하자"던 「눈」 같은 시를 읽으면 겨울밤의 지붕처럼 쿨룩거리던 그의 기침 소리가 들려 오는 것 같다.

***

경향신문사 문화부장으로 있던 유정 시인과 어느 날은 술을 먹다가 김 시인이 구두를 바꿔 신고 왔다. 발에 맞지 않는 작은 구두를 억지로 꾸겨 신고 온 그이 대신 이튿날 신문사로 찾아 갔다. 인포메이션에서 기다리고 있는 나를 유정 시인은 알아보 지 못했다. 아가씨에게 물으니 벌써 세 번이나 내려왔다가 그 냥 올라가셨다고 했다. 초면인 점을 고려해 그럼 인포메이션 앞에 서 있겠으니 다시 한 번만 더 내려와 주실 것을 부탁했다.

내려온 그는 나를 보자 깜짝 놀란 눈으로 인사를 했다. 훗날 김 시인에게 들은 바로는 양계를 하는 여자니 전형적인 시골 아낙네의 옷차림이겠거니 하고 두리번거리다 설마 '저 세련된 모던 걸은 아니겠지' 하고 그냥 올라갔다는 것이다. 그 뒤에도 그들은 구두 바꿔 신은 이야기를 곧잘 하였던 모양이다. 유정 시인은 나룻배를 신고 집에 갔다고 했고, 김 시인은 하이힐을 신고 갔다고 했다. 유정 시인은 나도 네 집사람 같은 모던 걸하고 한 번 살아봤으면 좋겠다고 했고, 김 시인은 매운탕 잘 끓이는 네 아내 같은 사람하고 살아보는 게 꿈이라고 했다나? 실제로 둘은 취기에 동해서 아내를 바꿔 살아보자는 약속까지 하고 들어와 어지간히 구박을 당한 일도 있다.

***

"그렇게 피투성이가 되어 찾던 만년필은/처(妻)의 백 속에 숨은 듯이 걸려 있고/말하자면 내가 찾고 있는 것은 언제나 나의 가장 가까운/내 곁에 있고"(「절망」 부분)에 나오는 만년필은 파카 만년필이다. 내가 직접 도깨비 시장에 나가 고른 것이다. 잉크는 진곤색의 파이로트를 고집했던 걸로 기억된다. 필기구에 대한 애착이 대단한 편이었다. 긴 손가락이 몸 밖으로 확장된 느낌이랄까. 손발을 씻듯 만년필 청소도 곧잘 했다. 파카 만년필을 고집했던 원고지는 대체로 『엔카운터』지나 『파르티잔

리뷰』의 봉투를 뒤집어서 초고를 썼다. 원고지를 이용할 경우
는 당시의 『현대문학』이나 『사상계』의 전용 원고지를 썼다.

****

술에 취하면 애교가 대단해질 때도 있지만 울분과 불만의 분
화구로 변할 때도 있다. 그럴 때면 마치 하늘이 무너지는 듯한
공포로 나는 성난 사자 앞에 생쥐 꼴이 된다. 그것이 산고였을
까. 그 뒤에는 어김없이 새로운 시들이 태어났다.

****

사고를 당하던 마지막 날 밤, 김 시인이 거부한 술자리가 있
었다. 당시 서울 시장이던 김현옥 씨가 마련한 자리였다. 김현
옥 시장의 초등학교 스승이 소설가 이병주였다. 김 시인은 이
병주의 2차 제안을 단호하게 거절했다고 한다. 악취 나는 돈
으로는 결코 술을 마시지 않겠다던 평소의 그다운 모습이다.
하지만, 그 술을 마셨더라면 그리 일찍 가는 일은 없었을 텐
데…… 한동안 나는 속된 생각을 버리질 못했다.

***

　김 시인에게 이상한 버릇이 있었다. 그는 아내인 나보다 더 자주 거울을 봤다. 시를 쓸 때도, 번역 일을 할 때도 거울을 들여다보는 일이 잦았다. 그러다 가끔씩 내 시선과 마주치면 무슨 부끄러운 비밀이라도 들킨 아이처럼 계면쩍어하며 딴전을 부렸다. 나는 그런 그를 위해 거울에 나무틀을 만들어주었다. 항상 불안하게 거울을 잡고 있는 모습이 안타까웠던 것이다. 나무틀을 한 거울이 지금도 그의 서재에 있다. 가끔씩 나도 그 거울을 들여다본다. 저 깊은 속에서 김 시인은 무엇을 바라보고 있었을까.

　그 거울을 도봉동 김수영문학관에 보냈다.

나이도 좋은 것은 사랑뿐이나

이 옥고에 누(累)가 될지 몰라 사뭇 저어합니다.

1968년 6월, 김수영 선생의 영구가 수많은 조객이 함께한 세종로예총회관 광장 장례식 뒤에 도봉산 기슭으로 떠났습니다.

그 뜻밖의 새 무덤은 무덤이기보다 차라리 이승에 사는 형제자매의 거주지에 속해 있는 가족의 한 정경이 되었습니다.

생전 마지막 시「풀」의 시비도 곧이어 들어섰습니다.

훨씬 뒷날 그 무덤은 첫 터에서 떠나 도봉산 밑의 솔바람 소리에 귀가 열리는 곳으로 옮겨졌습니다. 어느덧 45년의 세월이 흘러 오늘에 이르렀습니다.

이럴수록 김수영 시 세계는 언제나 지난날의 그것인 적 전혀 없는 청청한 현재의 맨 앞장에서 밤낮 모르고 세찬 바람 속에서 휘날리고 있습니다.

그런 오늘, 이 위대한 현대 시인의 삶과 죽음을 온통 가슴 밑창에 묻고, 아직도 마음속의 시인과 함께 이 세상의 대기에 숨

결을 놓는 시인의 아내 김현경 여사가 그 자신의 한 가녘을 여기에 드러냅니다.

애먼 데로 나아갑니다.

제가 김수영 선생을 처음 만난 것은 1953년 어름이었습니다

망국 시기 한창이던 1940년대 초, 만주 신경(장춘)이나 봉천(심양) 등지를 떠돌며 낙백의 식민지 청년 시절에 연극 생활을 함께한 미남의 송기원 선생과의 인연 때문이었습니다.

그 당시 저는 막 입산 삭발한 사미승이었는데, 저를 받아준 비구 혜초선사와 관계된 글을 지역 신문에 낸 것을 본 송 선생이 내 거처인 군산 동국사로 몇 차례 찾아와 함께 시를 쓰자고 권유하며 시 동인회를 꾸리는 데 저를 청했던 것입니다. 그분은 폴 발레리 숭배자이기도 하였습니다.

어느 날 회장인 송 선생은 그 당시 사정으로 과감한 기획이라 할밖에 없는 문학 강연회를 열었습니다.

고전 시가는 시조 시인이자 국문학자 이병기 선생, 근대 서정시는 신석정 선생, 그리고 전후 현대 강연은 서울의 김수영 선생을 강사로 초청했던 것입니다.

그때 김수영 선생은 30대 청년 시인으로, 해방 시기의 사화집과 전후 작품 몇 편을 발표함으로써 촉망받는 시단의 기린아이기도 했습니다.

그 강연회가 끝나고 군산 지방 시 동인들의 작품을 김 선생에게 보여드렸는데, 거기에 제 시도 서너 개가 포함되어 있었

습니다.

다음 날 그이는 다른 동인의 작품에는 친절한 소감을 격려하며 서투르거나 당치 않는 부분에 대해 지적하기도 했는데, 웬일인지 저에게는 가타부타 한마디도 없었습니다.

행사가 성황리에 끝나고 김수영 선생은 만취 상태로 서울행 기차를 탔습니다.

훨씬 뒤에 들은 바로는, 김 선생은 제 작품을 직접 서울로 가지고 가 어느 문예지에 발표하도록 주선하겠다 하자 송기원이 너무 일찍 문단에 내보내면 교만해질 수도 있으니 장래를 위해서는 좀 더 시 창작의 단련 기간이 필요하다는 이의를 말해, 결국 김 선생이 그 뜻에 따른 것이었습니다.

그럴진대 저는 시단에 등장했던 1958년 이전인 1953년에 일찍 시단에 등장할 뻔했던 셈이었습니다.

저는 얼마 뒤 그곳을 떠나 지리산 일대를 거쳐 한려수도 충무(통영) 미륵도 효봉가문의 토굴로 갔습니다. 간화선에 붙박였습니다.

이어서 비구승산의 종권 회복을 위해서 은사의 뒤늦은 지시에 따라 서울의 선학원으로 간 것이 1957년이었습니다.

그런데 공교롭게도 그 무렵 제 고향 친구인 추상화가 나병재가 가지고 있던 제 습작 「폐결핵」을 새로 창립한 한국시인협회에 보낸 것이 회장 조지훈 사백의 눈에 띄어 창간호이자 종간호가 된 『현대시』 신인 작품으로 발표되었습니다.

이에 질세라 만해 한용운 선사 주재의 『불교』 복간호를 준비하던 제가 서투른 편집의 허방을 메우려고 제 습작을 채운 것들을 본 문학 애호가인 교통부 중견 간부 한 사람이 습작 몇 개를 빼앗다시피 가지고 가 공덕동 서정주 사백에게 보였습니다.

그것이 『현대문학』 3회 추천을 무시한 단회 3편 동시 추천으로 세상의 시인이 된 빌미였습니다.

그 이래로 저는 서울에 머무는 동안은 김수영 선생이 저녁마다 나오는 정동 방송국 밑의 다방 등지에서 어쩌다 뵙게 되거나 그이의 누이 김수명의 일터이기도 한 효제동 현대문학사에서 오다가다 뵙는 처지였습니다. 김 선생의 본가인 창동에도 간 적이 있습니다.

그러다가 제가 제주해협에서 자살 미수로 제주도에서 생활하고 있을 때 김 선생은 제 시에 대한 격찬의 격려 편지를 보내오기도 하고, 또 제 시재(詩才)에 관한 수필도 발표한 사례를 알고 나서 실의의 만성에 잠긴 파도 소리뿐인 제 고독이 어느새 치유된 적도 있습니다.

1960년대 후반 다시 시작한 저의 서울 생활에서는 명동이나 홍릉이나 관철동, 무교동 등지의 술집에서 그분은 제 술주정도 너그러이 받아주셨고, 이따금 제 시건방 떠는 짓거리를 꾸짖어주기도 했습니다.

한번은 제가 낮술김에 60년대 젊은이들 염무웅, 김현 등을 데리고 마포 구수동 김 선생 댁을 쳐들어갔다가 갑작스러운 고음의 호통에 술이 확 깨어버리기도 했습니다. 또 한번은 명동 술집 '은성'에서 취중의 김 선생이 임화 작사의 '원수와 더불어……'로 시작하는 〈인민항쟁가〉를 부르는 것을 제가 달려들어 입을 틀어막고, 그 반공 분위기의 긴장을 없애기 위해 제 이탈리아 밀라노 '방언'을 마구 지껄여서 술집 취객들이 박장대소하게 바꿔놓은 적도 있었습니다.

그런 술집에서 통금 시간이 임박한 취흥의 이른바 '김수영의 안광(眼光)'은 지독하게 허망하기도 하고 지독하게 꿈의 해일을 담고 있기도 했습니다.

이런 나날 속에서 저는 김수영 선생의 반려 김현경 여사를 청진동 신구문화사 편집부 응접실에서 우연찮게 만나기도 했습니다. 그때 김 여사와의 진지한 문예담론에서 압권의 전기문학자 스테판 츠바이크 얘기나 러시아 시인에 관한 그이의 해박한 문예 체득을 알아차리게 되었습니다.

그이도 남편 김 선생으로부터 고은 운운의 말을 자주 들었던 터라 저에게도 허물없는 당신의 지론들을 개진한 것이 틀림없습니다.

그럴 때마다 제 직감이 생겨났습니다. 이분은 남편의 시 세계를 위해서 자신의 문학 잠재력을 다 폐기한 나머지 오로지 남편의 세계에 대한 가장 이상적인 환경이 되어버린 사실이 그것이었습니다.

내 직감은 틀리지 않았습니다.

김수영 선생이 세상을 갑자기 하직한 뒤의 한 애도 산문을 담담한 수필 어조로 발표한 것을 저도 보게 되었습니다. 그 가식 없고 웅숭깊은 진솔한 진정의 표현으로 사랑과 삶의 팽대한 차원을 꽉 채운 난숙의 경지를 저는 엿볼 수 있었습니다.

제가 아는 한 한국문학사에서 이 같은 고도의 문예미학의 넓이를 함께하는 부부는 이례적이었습니다. 저는 진작부터 여사를 일러 고대 선덕왕의 숙명과 직관, 허난설헌과 황진이의 미학과 조르주 상드의 모험, 루 안드레아스 살로메의 영험 많은 지성, 그리고 알마 말러의 정신 편력이 당대 동방의 한 여성에게 부과된 개척적인 영혼의 충전으로 녹아 있는 바를 짐작하고 있었습니다.

이런 분이 갖가지 사대 격변이 빚어내는 시련을 무릅쓴 무애의 필치를 세상에 내보내는 것이 바로 이 책입니다. 또한 어떤 김수영론보다 어떤 김수영 시로의 접근보다 그 작품론의 생생한 전개야말로 시의 호흡력과 순환력의 생명감을 역력하게 합니다. 이로써 김수영은 물속에 잠긴 관념으로부터 방금 물 위로 솟아오르는 실체로 도약하고 맙니다.

그러므로 김수영 선생의 그 불침번의 세계 재현 그리고 김수영 선생의 운명의 반추로 하여금 지금의 황막한 개체들로 서걱이는 한국 시단에 하나의 새벽 황종조(黃鍾調)의 범종 소리로 울려 퍼지기를 바라는 바 새삼스럽습니다.

멋진 김현경 여사의 여생이 더욱 난만한 저녁 뜨락의 모란꽃이기를, 도봉 영기를 머금은 아침 이슬의 산유화이기를!

2013년 2월
고 은

▪ 저자 소개 김현경 (金顯敬)

1927년 서울 종로구 사직동에서 태어나 경성여자보통학교(현 덕수초등학교)
와 진명여고를 거쳐 이화여대 영문과에서 수학했다. 김수영 시인과 결혼
해 두 아들을 두었다. 에세이집 『김수영의 연인』 『우리는 영원하고 사랑도
그렇다』(공저)가 있다.

낡아도 좋은 것은 사랑뿐이냐

초판 1쇄 발행 · 2020년 9월 10일
초판 2쇄 인쇄 · 2021년 1월 15일

지은이 · 김현경
펴낸이 · 한봉숙
펴낸곳 · 푸른사상사

주간 · 맹문재 | 편집 · 지순이 | 교정 · 김수란
등록 · 1999년 7월 8일 제2-2876호
주소 · 경기도 파주시 회동길(서패동) 337-16
대표전화 · 031) 955-9111(2) | 팩시밀리 · 031) 955-9114
이메일 · prun21c@hanmail.net
홈페이지 · http://www.prun21c.com

ISBN 979-11-308-1703-3   03810

값 17,000원